鲁迅文学奖

得 主

散 文 书 系

叶弥 著

今生一盅茶

中国文史出版社

图书在版编目（CIP）数据

今生一盅茶／叶弥著. -- 北京：中国文史出版社，
2025. 1. --（鲁迅文学奖得主散文书系）. -- ISBN 978-
7-5205-4836-6

Ⅰ. I267

中国国家版本馆 CIP 数据核字第 202479QK04 号

选题策划：江　河
责任编辑：牟国煜
装帧设计：锦色书装

出版发行：**中国文史出版社**

社　　址：北京市海淀区西八里庄路 69 号院　邮编：100142
电　　话：010-81136606　81136602　81136603（发行部）
传　　真：010-81136655
印　　装：廊坊市海涛印刷有限公司
经　　销：全国新华书店
开　　本：880×1230　1/32
印　　张：8.25　　　　字数：169 千字
版　　次：2025 年 1 月第 1 版
印　　次：2025 年 1 月第 1 次印刷
定　　价：66.00 元

作者简介

叶弥　第六届鲁迅文学奖得主。本名周洁，1964年6月出生。江苏苏州人，祖籍无锡前洲。江苏省作家协会副主席，中国作家协会第九届、第十届全国委员会委员。1994年开始小说创作。代表作品有长篇小说《风流图卷》《美哉少年》《不老》，中短篇小说集《成长如蜕》《桃花渡》《亲人》《香炉山》《对岸》《天鹅绒》等。亦曾获江苏省委、省政府第四届"紫金文化奖章"等多种文化艺术奖项。现居苏州太湖边。

写在前面

我们怀着由衷的敬意，编辑了这一套散文丛书。

鲁迅先生是中国新文化运动的旗手，是近现代历史上对中国社会思想文化发展具有重大影响的文学家。以他名字命名的"鲁迅文学奖"，是中国文学奖的最高荣誉之一，自创立以来，一直拥有良好的口碑和广泛的影响力。那些获得鲁迅文学奖的作家作品，毫无疑问地推动了我国文学事业的繁荣发展。

这些获奖作家分别生活在祖国的东南西北，年龄跨度从"50后"到"80后"，写作门类包括小说、散文、诗歌、评论。他们都曾创作出佳作名篇，是堪称名家的优秀作家。编辑出版这套"鲁迅文学奖得主散文书系"，我们的初衷正是让这些优秀的小说家、散文家、诗人、评论家聚集在一起，将他们各自独具的生命体验和写作风格，以群峰连绵的形式呈现出"横看成岭侧成峰"的写作景观，向广大读者奉献这个值得阅读和保存的作品系列。

在这些作品的编辑过程中，我们看到了他们不同的阅历和表达方式，看到了他们卓尔不群的文学才华和让人叹服的写作能力，看到了他们观察事物的独特角度和对自己生活、创作的诚意表达，看到了他们纷繁复杂的生活境遇和丰富悠远的精神世界。从这些文字中，我们感受到了作家对大自然和世间万物的悲悯，对岁月悠长、时光消逝的感喟和思索，对身边细微琐事的提炼和回味，对辽阔人间的关怀以及对世道人心和生命本身的探寻与思索。

我们以诚挚的愿望和认真的劳动，向亲爱的读者推荐这个书系，也以此向在写作道路上辛勤耕耘的作家们致敬，向创立近四十年的鲁迅文学奖致敬，向在岁月的上游一直如星光般以风骨和精神令后世仰望的鲁迅先生致敬。

编　者

2025 年元月

目录

今生一盅茶

我父亲很少喝茶，可我的母亲一生嗜茶。我所有关于茶的知识，全来自她。

母亲说，她喝茶，受外公影响，从小喝一口喝一口，就这样喝上了。

我外公是苏州香山木匠。香山自古出能工巧匠，造天安门的蒯祥，就是香山人。外公文化不高，但沾了地方的灵气，心灵手巧，从小跟父母亲从苏州东山乡下进城，开个叶正兴营造厂，其实也就是一个木匠作坊，他带徒弟，做木模。做了一辈子木匠，却没有留下什么值钱的木家什，有钱，都吃喝了。唯留下一只帆布木匠包，谁也不要，被我母亲藏在我家的阁楼上，里面有一套普通的木匠家什，红木老刨子等略为高档的旧物也不知去向。我家里现有一只折叠小木凳，是他亲手做的，我四五岁就坐它了。没有胶水和钉子，全是榫头相接。这么多年跟着我家辗转大江南北，又跟着我奔波，除了掉些绿漆，居然牢不可破。

他是个好手艺人，名字曾被写进《吴县志》的"能工巧匠"一栏。也曾经非常赚钱，赚到的钱，起码一半用来喝茶和交际，他的时间也是同样如此花费。

陆文夫的《美食家》里，写男主人公"早上皮包水，晚上水包皮"，这样的生活，其实是老苏州（男）人的寻常生活。

　　我初三那年从苏北回家乡苏州读书，和外公一起生活。每天，不管刮风还是下雨，天蒙蒙亮，外公就起身去茶馆。我总是听到他在隔壁极为轻快地穿衣、洗漱、开门、关门，他的脚步声也极为轻快地在巷子里远去。每天如此。院子里有一棵蜡梅花，冬天他起身的时候，我会闻到蜡梅花香，以至于我每次看到蜡梅，就想起外公起身去茶馆的场景，缓慢、轻捷，充满生活的致密质地。

　　这样的固执，只是为了喝茶这样一件小事。但四十年、五十年坚持下来，小事就成了大事。后来我去问母亲，母亲说，是的，从她小时候，外公就是这样了。而且外公从来没有把喝茶当成小事。

　　于是再问母亲，外公喝什么样的茶？与什么样的人在一起喝茶？为什么痴情地喝了一辈子的茶？

　　母亲听到我的问题，却不说茶，说她小时候住的巷子。

　　驴唇不对马嘴，姑妄听之。

　　她说她小时候住在苏州一条小巷子里，一条三百米左右的小巷子，西边一半叫三多巷，东边一半叫书院弄。巷子里有一条小河，三顶桥，三座牌坊，一个巡抚衙门，衙门前有两只面目可亲的石狮。河水碧清，可以吃的。人心也干净，非但不朝河里扔杂物，连夏天都不去河里冲澡，因为那是人喝的水。河里有卖时令菜蔬瓜果的小船行过，河边的楼上每每吊下一只竹篮，钱在里面，吊回来的东西，一定不会短斤缺两。房里的和河里的做完买卖，互相说些家长里短，寒暄客气，也是常有的事。

　　巷子里长着大柳树，细碎致密的绿，柔软多情。

三多桥高高地骑跨小河两岸，桥身是金山石。河边有一座两层楼茶馆，木楼。民居大多是砖木之楼。路上铺的是石板和小石子。年久月深，石板光亮洁净。

小巷子虽小，却精致，有古气，亦大气，亦处处风景。现在这里比以前拓宽了起码三倍，河没了，桥没了，柳树没了，高楼大厦，富贵小区，却小气、土气。

邻里互帮互让，没有计较，如果互相谩骂，属于低级行为，要被人看不起。大姑娘脾气不好，婆家也找不着。说三道四不是人子所为，老祖宗的门训人人遵从，瓜田李下、寡妇门前，切切牢记。各人自扫门前雪，但不是不帮你扫门前雪。若要我扫你门前的雪，你吩咐，我才做。当官的和老百姓相处自在，你有你的阶层和威势，我有我的世界和享受。富贵之人懂积德和收敛，穷苦之人知天命有骨气。头上顶着天，相安无事。

家家都喝茶。不拘男女，都懂茶。男人们去茶馆，所有的事都在茶馆里谈妥。外公也是，用木匠和泥瓦工，用谁，多少工钱，都在茶馆里敲定。悄悄地，一边喝茶一边细语，多少事就做定了。定了，就安心地听说书，听评弹。吴侬之语，软如裹油绸缎，唔唔切切，又如枕边私语。

茶馆外面，石板路上，柳树边上，走着温良的贩夫走卒，贤淑之妇，腼腆少女，活泼童子……蓝天白云，鸟语茶香，真正是……

哦，懂了。喝茶不仅要心静，还要有安静的环境。

母亲抬高了声音决断地说，与世无争，不喝茶干什么？

她有感而发，突然两眼泪汪汪。

原来一盅茶有如此背景。

我心下也是惶然，只不过问一个茶，便问出这么多的陌生往事来，还是说说外公吧。

外公喝茶，喝普通的茶，大部分的茶客，都喝普通茶。二楼有雅座包厢，进去的非富即贵，但也许天天去的普通茶客，更享从容滋味。喝喝茶，看看风景，与朋友说说闲话。到了中午，让端茶倒水的伙计去隔壁叫来一碗阳春面，或两块黄松糕。松仁软糖、芝麻葱管糖、奶油西瓜子、杏仁酥、九制陈皮……是茶客常用的零食。这就是"早上皮包水"的生活。实际上，我外公常常过了中午才回家。

我外婆爱抽烟，不爱喝茶。她后来坐了黄包车，跟着作坊里的一位匠人走了，这位匠人，我自然也是叫阿爹（苏州话，外公）的。这位阿爹不喝茶，人干瘦，不如我自己的阿爹那么滋润。

外婆走了，外公照旧天天喝茶。到了中午，我妈妈常带着我舅舅去茶馆——找他。找到了，外公便给他们一角钱，买东西吃，皆大欢喜。找不着，便饿肚皮。

那么，外公这时候情绪如何？这样的大事……恨不恨？外婆跟着跑的那位匠人，毕竟是外公看他可怜收留在家里的。

恨？

我母亲说，以前的人不会恨。

她说的时候，眼泪汪汪。我知道，这种喝茶的环境再也没有了。今人喝茶，只是解渴或仿古。

男女都喝茶，享受生活。

原来如此。

至此，我也泪汪汪。

他就是这样的人。我外婆跟了伙计跑了，我母亲常去茶馆找他……这个画面令人难忘。

2016 年 8 月 14 日

酒，缠不休

小时候，我妈打我，总是要夸我一句：你倒是像个共产党员。

言下之意就是我坚强不怕死。

我妈打人的板子，是我爸专门从上海买来的一种木尺，上海货结实耐用，名不虚传。板子被我藏到米缸里，还是被我妈一眼发现了，我再把它扔到河里。我父母都不会游泳，自然没法下水去找。但后来又出现了同样的板子，还是上海货。

我妈打我，不外乎是语文不及格，数学不及格，打了人家了，骂了人家了……

我会的东西比我父母多。我自己学会了游泳、骑车、爬树、爬屋顶，和同年龄的小孩打架，我也是一把好手。用苏北方言骂人，骂得比当地的孩子顺溜。这些，我家里人都不会。他们下放到了苏北农村，还是习惯像苏州人那样生活。他们的语言尤其简单，如果骂人，翻来覆去只有"放屁"二字。比不得乡村里的语言那么丰富多彩，骂人的话也是极尽有趣。

我在游泳爬树打架骂人中建立的自信，只要我妈举着板子出来，我的自信顷刻化为乌有。我的策略就是咬牙忍受，不像我弟弟那样求饶、讨好，白白地消耗力量。我妈教书，也做着赤脚医生。她的口音和一本正经的样子，常常被我和小伙伴们私下取笑。赤脚医生比教师更受人尊重，我妈这个职业给我带来的好处是，她懂得屁股上肉多，打起来伤不到神经。而且她要求被打者趴到床上，这样伤害就更少。

我小学毕业后，我妈从此没有打过我，变成写检查。写到十六岁，不写了。紧接着我就成了一名文学青年。我妈年轻时收藏的书，成了我写作的启蒙。我最爱的是普希金的《致大海》。我最早写的小说叫《十八九岁》，想写成中篇小说，没写结尾，自然也没有去投稿。

那时候苏州的文学青年比现在的老板还要多。文学青年在一起，难免要抽烟喝酒。绝大多数时候，抽烟喝酒是为了标新立异，不会抽烟也要摆个架子，要的是别人侧目而视。不会喝酒也要壮胆大喝，追求一醉方休。而我是为了反抗一些什么。这种反抗，隐隐地有那张木板子的缘故。

随着社会的发展，人们也越来越宽容，年轻人抽烟喝酒不再受到责难，也就没有了标新立异的价值。这样，抽烟喝酒就从最初的反抗或标新立异发展到新的阶段，就是灵魂的需要。半瓶"雷司令"喝下去，肉体很难受，但精神上超凡脱俗，很是愉悦。这种感受，同样爱喝酒的人心知肚明，而不爱喝酒的人，你是无法与之沟通的。怎么说呢？心里总是跳跃着星星点点的光斑，那些光斑引逗着你去寻找阳光。而酒意上来，星星点点的光斑就成了一道自天而降的光带，从宇宙深处而来，神秘莫测，带着新生的密码，无边无际的创造欲望……酒醒了，光带消失。此次结束，下次再来。

我外公是个酒精爱好者。我从他的身上发现，真正爱喝酒的男人，吃东西绝大多数都很节制和干净，不邋遢。那些不爱喝酒的男人，十有八九吃东西很有点邋遢。我外公常常在门口放一张小桌子，桌子上一般只有一样佐酒菜，煮花生或者豆腐干。他很郑重地喝，很珍惜地吃。喝完吃完，菜碗和酒杯就像洗过的浴缸那样干净。喝酒的人一般不喜欢用咸的菜，淡菜配辣酒。

　　真正爱喝酒的女人，我没有发现过。爱喝酒，有一个衡量标准，就是在家里一个人能有滋有味地喝。女人酒量大的，都在外面的场合，大概都属于巾帼不让须眉的一类，并不是真正的酒精爱好者。我年轻时到过一个朋友聚会的场合，碰到一位陌生的年轻女子，突然两个人就闹起来了，赌气把一瓶白酒一分为二，装两只搪瓷大茶缸，身后各站一帮支持者，在起哄声中，我俩开始喝。那时候有许多聚会，根本不记得那些聚会是干什么的，谁召集的。那位和我叫板的年轻女子，我们并不认识，以后也没见过。为什么喝起来，原因也忘记了。大约是互相看不顺眼，就喝起来了。为什么看不顺眼，不知道。年轻真好，可以什么都是模糊的，什么都不知道。

　　年轻的女人，常常为爱所困而喝酒。我有两位好闺密，都是不会喝酒的人。一位半夜三更打电话给我，告知她独自喝得找不着家门，在马路上瞎转。我只能爬起来出门找她，再送她回家。另一位喝得送了医院抢救。大凡为爱喝成这样的女人，基本上这段爱情都没有好的结局。而那些在爱情中不喝酒只喝茶的女人，爱的结局会很不错。我喜欢那些想用酒扑灭爱情火焰的女人，酒精与爱情一起燃烧，就如灵魂失火，如果生还，那就是凤凰涅槃。

我平生第一次大醉是在苏北。我五岁跟着父母去苏北下放，十四岁独自一人回苏州。二十二岁找了一位苏北男友，又回苏北去了。来回地过长江。我爸对我说，现在女孩子流行过太平洋，你怎么又打回长江去了？

从苏北回苏州的人，谁愿意再回苏北呢？应该很少。我的男友也是我如今的丈夫，他当时在响水县公安局治安科。我第一次去他那里时，他的领导摆了一桌酒席。我不知他们的规矩，但凡我端起第一杯酒，那就表示我能喝酒。主人就要敬我三杯，我要回敬主人三杯。为了表达对我的敬意，别人也要敬我三杯，然后我还是要回敬三杯……那场酒喝得我天晕地转。喝完了在陌生的苏北小镇上散步，满天的星斗，海边的风清冽异常，与苏州的软风大不一样。我第一次感到了人生有了不同的内容。我以往的人生也许是散漫无序的，需要我娘的板子来提醒，而我又时不时地反抗我娘的板子。但从此后，我不再与我娘的板子纠缠不休，我有了新的纠缠内容。

人生就是一场又一场的纠缠，没有值不值，只有愿不愿。和酒也一样，有些人和酒纠缠了一辈子，别人说他是酒鬼，他说酒中乾坤长。

2021 年 11 月 18 日

运河旁有个我

运河水环绕苏州城。水中之船如过江之鲫，一艘连着一艘。船行过，岸边桂花瑟瑟而落，而鸟们安然不动，因为它们早就习惯了行船之声、水波在船舷边的激荡之声。

阊门外太子码头、万人码头、山塘街、胥门码头……枫桥夜泊的不是愁绪，而是粮船。

船式有木船、滩船、关驳船、码头船、米包子船、常熟船、绍兴船、苏北船、良划船、西樟船……

米行自备的是运米船，柴行专门有柴船，送香客去杭州进香的船叫香船，送酒的叫酒船。这些都属于专船专用。

君到姑苏见，人家尽枕河。古宫闲地少，水巷小桥多。

苏州的桥，有名可查的就有四百多座。宝带桥、帝赐莲桥、接驾桥、枫桥、乌鹊桥、草桥、香花桥、进士桥、歌薰桥、悬桥、花桥、渔郎桥、渡僧桥、乘鱼桥、彩云桥、鹤舞桥、窥塔桥……

汉字的美，在苏州的桥名上闪耀光芒。它们大多数都与运河水有关。随手指一座桥，也许它曾被文人墨客们歌颂过。

苏州的街巷里，每每有河，有桥。桥边有茶馆，茶馆里唱评弹。那些街巷里的小河，并不浑浑噩噩，它们有波澜，有鱼，清澈见底。我从小就听老人们说，这些街巷里弄的小河，都与运河有关，夜深人静时，它们都会聆听运河传来的波涛声，就像孩子倾听母亲的心跳声。

《红楼梦》第一回开篇写了苏州阊门的繁华，阊门的繁华是运河带来的。水运年代的奢华，极尽人间悲欢，演绎红尘万丈。乾隆六下江南，走的是京杭大运河，苏州是他的必到之处。大运河给苏州带来无尽的物，带来南北贩夫走卒，带来诗词歌赋，带来范仲淹、白居易、刘禹锡、韦应物……也带来以游玩为名的天子。

春秋吴国为伐齐国，在今天的扬州附近开凿了第一条人工运河，长一百五十公里，叫邗沟，许多书上称邗沟为"运河第一段，中国历史上第一条人工运河"。这是公元前486年的事。

公元605年，隋朝在邗沟的基础上进行大扩展。以洛阳为中心，分别开凿了江南河、通济渠、永济渠，然后连接起来成了史书上称的"南北大运河"。元朝时进行翻修，弃洛阳，取北京，南起杭州，北到北京，史称"京杭大运河"。

京杭大运河比南北大运河缩短了九百多公里。

到了明清两朝，又进行了大规模的兴修。它就像一座老房子一样，隔些日子便要进行翻新维修。古老的运河使用至今，不得不归功于它的不断翻新和维修。

吴国之都苏州是我家乡所在。家乡有一个说法，大运河由苏而起，向吴而生。公元前495年，吴王夫差役夫开河运漕，自苏州经无锡到达孟河，长达一百七十余里，是江南运河最早的开挖段。

家乡还有个说法：邗沟并不是中国第一条人工运河。第一条人工运河是公元前506年，吴王命人开凿的胥溪，是世界上最早的运河，船舶经胥溪从苏州城直通太湖和长江。

于是，大运河的江南开挖段，最早是在苏州，世界上第一条人工运河也在苏州。因为苏州才有了运河。

历史学家顾颉刚在《苏州史志笔记》中说道：

> 苏州之古为全国第一，尚是春秋旧物……其所以历久而不变者，即为河道所环故也。

这句话说成大白话就是，苏州这么古老，但一直保持着活力，主要的原因就是环绕苏州的运河水道。

苏州城是与护城河同时诞生的。护城河自古就是大运河主航道。

苏州护城河来头很大，它与苏州城同时诞生于公元前514年。这一年，伍子胥象天法地，在此"筑斯城，凿斯水"。城为"阖闾大城"，水为护城河，立水陆城门八座。苏州弄堂众多，有"伍子胥弄"。

苏州的护城河也就是大运河故道中最早问世的一部分，从此苏州人被运河水环绕身侧。即使苏州城内没有那么多的河泊，只要有了这条绕城大运河，那也是家家都枕着河睡觉了，没说的。

作为苏州人，走来走去绕不过运河水。

我出生在苏州望星桥畔的严衙弄，弄堂边上有一条行道，行道边上有一条河，叫官太尉河，这条河通着运河。运河就在不远处，阳光下碎金烁银，铺出一河的富贵。那时候运河里的船不多，经常是安安静静地流淌着。运河还没有改道。运河改道是二十多年后 1987 年的事，工期十年，1997 年完工。

改道的原因是随着改革开放的步伐加快，大运河的运输越来越繁忙，有一些狭窄的桥洞关隘处，经常险象环生。

运河里的鱼曾经很鲜美。运河里的鱼品种也多，鲫鱼、草鱼、鲢鱼、鲤鱼、鮰鱼……在运河里长大的一些鱼，长到十几二十斤是寻常之事。运河水急河深，野钓困难，但还是有一些迎难而上的钓客们几十年如一日在运河里打窝垂钓。

后来钓上来的鱼有机油味了，预示着河里船只太多，航道负荷，污染严重。再后来，没人吃运河里的鱼了。那些鱼空有漂亮外表，却有着呛鼻的机油味，下不了嘴。

难怪鱼儿有机油味，改革开放的大时代，大运河日夜繁忙。苏州的米、油、煤炭、建筑材料、农用物资，有一半是通过运河运到各市县乡镇的。它是黄金水道，也是负荷最重的水道。古城时时刻刻都在承受着来自大运河的压力，苏州不断地拓宽航道、截弯取直、加固驳岸。有机油味的鱼儿还算是小事，运河对城的影响、城对运河的限制束缚，都到了极限。

岁月更迭，世事变迁。当苏州开始大运河改道工程后，城里的河渐渐少了，但几条主要的河还在，学士河、临顿河、平江河、桃花坞河、干将河、府前河……它们都通着运河，熟知运河的秘密，唱着与运河一样的亘古不变的歌。

苏州以水而生，以河而荣，太湖固然是它的身畔明珠，运河，是它项上金链、腰间玉带。住在这个地方，想不炫富都不成。

当我住在严衙前时，谁也没有料到大运河今后会这么热闹，又会因热闹而改道。改道后的运河，千吨大船畅通无阻。以前的急促与混乱，航行中的危机四伏一去不返。

五岁时我跟着父母离开严衙前，去苏北"上山下乡"，从南门轮船码头坐着船去的，一路在船上玩耍，睡觉，看大运河的水波。后来船到了镇江，进入长江，两天两夜后，上岸，坐上解放军的大卡车，往苏北平原的目的地而去。再回苏州城已是五年后，短暂的停留，居住的弄堂里也有河，但不是大运河。

我读高中时住在旧学前，那里有苹花桥，有一条北南向的临顿河，两千四百米，北接齐门外城河，南联干将河，干将河上有十九座桥。齐门外城河那里，有古城门和城楼，内侧有水城门。50年代拆了古城门和城楼通路，1978年拆除造了水闸。2011年又修复了齐门城楼遗址和部分城墙。

临顿河也是通着运河的。它可通舟楫，供主妇洗涮。女人成堆聚集在一起洗衣洗菜和淘米的河埠头，就是河水的上游。没人去的僻静下游的河岸边，常常是洗脏东西的地方，包括涮马桶。我记得水总是急急忙忙一刻不停地从北向南流，河水打着小旋涡，一眼就能看到水底。水里有很多小鱼儿游。没有人朝水里扔垃圾，倒是经常有阿姨阿婆们捞出水里遗落的菜皮、树枝什么的。经常有马桶盖被水漂走，岸上就会热闹起来，女人们会帮着追马桶盖，手上拿着树枝、杈子什么的东西，沿河追着捞。男人们一般是站着看热闹。有一次，一个男人调侃追马桶盖的女人：快点跑，马桶盖就要漂到运河里去了。

读完高中，我们全家搬到了里河新村，新村西边，就是运河。印象最深的是货船吃水很深，缓慢行驶的船体仿佛快要没进水里的样子。睡在床上，半夜里常听得河里汽笛声声。那时候我是一个文学青年，听着运河里的汽笛声，常常想跟着这样一艘船流浪远方。

1988 年，我有了自己的小家庭，一家三口住在严衙前东北边的一个小弄堂里，靠运河很近。夏天，一家三口吃了晚饭，就去运河边散步。也曾在运河里游泳，把儿子脱得光溜溜地扔到水里，或者放到水边的竹排上。运河里的水还清，还能游泳。吹过运河水面的风，无色无味。

作为曾在运河里游过水的人，我负责任地讲，正常的运河水，确实不像一般的池塘水。池塘水柔和丰富，气质如女性。而运河水的气质偏中性，它简单冷漠，公事公办的样子，击打在身上，带着不知来路的浑厚的力，令人感到它深不可测。

不再想跟着运河里的货船流浪，守着运河，就是守着自己曾经的梦想岁月。

拖鞋来了，还不快跑！

家养的小动物们，也有阶层。

在述说这个事实前，我要着重说明一个问题。按惯例，小动物以"它"或"它们"笼统称之。在这个"它"流行开来之前，畜生们在中国语言里还是勉强可以区分性别和老幼的，虽说麻烦一些。如母马称"牝"，公马是"牡"；幼马叫"马驹"，年老的骏马叫"老骥"。例子很多，这里不再详细说明。

"它"是"蛇"的本字，又指代人以外的事物。在象形字里，"它"是一条上半身竖起的蛇，且活像眼镜蛇。在我看来，用"它"指代所有的动物，不分性别老幼，是汉语言的标志性倒退。这种改变，伤害的不仅仅是语言，还剥夺了中国人细腻的情感表达方式。模糊的草率的指代，表现出人类对动物的忽视和愚蠢的自大。

综上所述，为了平等起见，也为了区别动物的性别，我且用"他""她"称代。

现在回到正文。为什么说他们有阶层，而不是有阶级之分呢？因为阶级，必定是由财富积累所成，他们没有口袋，身无分文，吃喝拉撒睡全由我负责，所以是没有阶级之分的。但以我多年与他们打交道的经验，他们确实有阶层，并常常为此大打出手，以至于我不得不无数次地替他们解决争端。

且听我慢慢道来。

十几年前，我的日子过得还很舒服，偶尔看看书、写写小说，多余的时间用来旅行、上健身房、去美容院、逛街购物、遛狗、会友。那时我有一条小京巴犬叫"聪聪"，虽说并不聪明，可也人见人爱。我抱着他出去，是给我的小资生活加分的。后来家里多了一只叫"玫瑰"的公猫，一狗一猫没有阶层之分，平等融洽，从一楼玩到二楼，再上阁楼玩捉迷藏。猫会开我的门，常常朝上一跳，拉开门把手，狗就扭着屁股混进来了。玫瑰后来不见了，聪聪不久也去世，他去宠物医院割皮肤上的脂肪瘤，不幸因麻醉窒息死在医院里。

我痛定思痛，发誓不再养宠物。

但宠物要来找我。

2006 年，儿子给我带来了一只白色小波斯猫，说同学家里要扔掉的，不仅小猫，连猫妈妈都要扔掉的。小猫瘦得皮包骨，脊梁骨上的骨珠子都粒粒可见，一身稀疏长毛。看见他这么可怜，我马上抛开誓言，收留了他，给他起个名字叫"百合"。

百合是我家里动物阶层的始祖。

第二只猫叫"毛毛"。我有一次去花鸟市场，他从猫笼子里拉住了我的衣服不放。他真可怜啊！有三个月大吧，眼睛贼大，死死地盯着我。我就出了五十块钱把他从猫笼子里带回了家。他现在还活着。百合失踪以后，他就是家里一群小把戏们的老大。刚买回家时，他身患猫瘟，水泻带血。后来口腔又出了毛病。医生说要拔掉全部的牙齿。手术做完后，医生端着一盘牙给我算账，一五一十地点，拔齿二十五枚，拔一颗牙算五十块……他从今以后是一个无牙老大了，地位总是岌岌可危，有人想挑衅他的权威，关键时刻我会出马为他摆平挑衅者。

第三只猫叫"小黑妹"，也是两三个月大，是我在垃圾桶边上捡到的，眼睛肿得高高鼓起，一身虱子和跳蚤，连脸上都乱爬着虱子。但她不管，她有公主情结，脾气很臭，拒绝治疗和吃喝，把喂猫奶粉的橡胶奶嘴咬得咯吱咯吱响。到第四天，我想，她既然求死，就放她从小房间里出来吧。没想到她歪歪扭扭地走到厨房里，捡起地上的一块碎肉屑吃了下去。好吧，既肯吃，就有救。

母猫不参与地位之争，但她也是有阶层的，来得早，她的阶层就高，来得晚，阶层就低，约定俗成，不可动摇。可动摇的是老大的位置。小黑妹是我家里阶层最高的母猫，又天生一副公主的臭脾气，独来独往，谁都看不惯，除了毛毛，想打谁就打谁。

两只猫，还没有明显的阶层之分。百合是老大，毛毛是老二，说不上君臣，更像是兄弟。但有了第三只猫，阶层就明显了。"三"这个数字，在自然界中十分重要。有一年我去菜市场买了两只毛茸茸的小鸭子，摊主郑重地告诉我说，买小鸡小鸭，全不能买两只，三只才能成"行"，越多越好。我偏不买三只，就买两只。这两只小鸭子现在还养着，叫大卡和小卡，她们是姐妹关系，也有主次之分，但这种主次之分是按照与别的生物抗衡多少轮流坐庄的。

小黑妹来了之后，很快又来了一只半岁不到的小狸猫"小老虎"。半夜三更的，我又不认识他，他敢对着我家大门嚎叫个不停，我只好去开门。开了门，他又不肯进来。我抱出睡得迷迷糊糊的小黑妹在他眼前一晃，他就被晃进来了。当天夜里，他和小黑妹就一见钟情，搂在一起睡觉，成了一对小情人。

至此，家中分为三个阶层：老大百合，老二毛毛，小黑妹和小老虎是第三阶层。百合总是在外面游荡，毛毛总是在家里某个地方睡觉，小黑妹和小老虎在一起，少小无猜，玩耍逗乐。

2008年春，我搬去靠太湖的一个地方住。我搬家的时候，犯了一个错误。那天百合不在家里，我先把毛毛、小黑妹、小老虎三个带去新家了。去了新家以后，猫都是怕生地方的，小黑妹和小老虎躲在一楼的房间里不出来，但毛毛一反常态地跟在我后面，我上楼他也上楼，我下楼他也下楼，无比关心我，无比献殷勤。我当时不知道的是，百合没在第一时间内到达新场所，毛毛已自动升级为老大，作为新出炉的老大，他必须要对我表达一点责任之心。

差不多过了一个星期，我才在城里的老家里碰到百合，把他带到了二十五公里外的新家。他与毛毛乍一碰面，四目相对，便火星四爆。但他们尚存情义，留有余地。百合转头就走，从此做了游侠，三四天才回家一趟，有时候一个星期才回来与我见上一面。家里毛毛是老大，平时毛毛会教训教训下面两个小的，但百合一回来，他就隐身不见，绝对回避与百合目光交集的机会。百合在家里吃饱喝足，目中精光四射，抖抖厚实的长白毛，去大桌子上威风凛凛地躺个半天，又出去当他的游侠。

其实只有两个阶层了。毛毛是老大，统治小黑妹和小老虎。

2008年6月，小老虎得了不治之症胸膜炎，我每天带着他去坐公交车进城里的宠物医院，来回七八个小时，再挂水五六个小时。医生劝我给他安乐死，但我那时不认为安乐死是最好的选择。这样折腾了半个月，我身心交瘁，便把他带回家，放在我床上同眠一夜，第二天他便去了。

现在情况有些复杂了，百合总在外面不回家，家里只有毛毛和小黑妹，毛毛的老大地位形同虚设。小黑妹没了小老虎，开始情绪是低落的，后来又独自玩得高高兴兴的了。有时我看见她身上掉了一大摊毛，有时我发现她的一只前爪肿得有两倍那么粗，也许是被黄鼠狼咬的，因为她到处惹是生非。风雪之后回家来，全身亮闪闪的黑毛上结满白色冰铃铛。她没忘了给我从外面带回礼物：有时候是一条活蛇，扔在我脚边时忽地昂头吐舌；有时候是一条油光光的褐色红头大蜈蚣；更多的是嘴巴长而尖的肥硕田鼠……还有一样可笑的礼物是一只癞蛤蟆，她捉回来放在我睡房外，因为是凌晨，我还在睡觉，她就自己先玩起来了。我在睡梦里听到房门外有乌鸦大叫，醒来一听，房门外果然有乌鸦大喊大叫。打开房门，只见小黑妹用爪子拍打那只癞蛤蟆的屁股，她打一下，癞蛤蟆就发出一声乌鸦般的叫声。我到现在也没搞明白，癞蛤蟆为什么会发出乌鸦一样的叫声。她给我的礼物，我受之有愧，一一放生，有一次放生一只乌鸦时还被它气呼呼地咬了一口，没想到鸟嘴咬人时如刀割一样。

百合以前在城里也会给我献礼物，香烟头或女人的内衣裤。也曾关照他偷些存折回来送给我，可惜从来没有实现过。

到了 2009 年春，第三阶层出现了。

牛牛的妈妈是一只野猫，怀孕以后就在我家周围驻扎下来，有一天我收拾车库，发现她在车库里的杂物箱里生了三个健康活泼的孩子，一女二男。最大的是只黑白花脸猫，男孩，我叫他花脸或者花花；其次是女孩贝贝，全身乌黑的毛；牛牛最小，也是一身黑毛。根据我 2009 年 4 月 14 日的"动物园"笔记本记载，他们活泼好动，会尖叫，会躲猫猫，善于表达情绪，眼睛都十分明亮。猫妈妈具有完美的母爱，十分宠爱孩子，花花溜出去玩，她会把他追回来。我看见毛球一样的花花在前面疯跑，猫妈妈在后面气急败坏地追，总会忍不住地笑。当我这样笑时，我知道这个世界给我温暖和力量了。

到了 4 月底，猫妈妈就带着孩子们从车库里出去历练——不，她只带走了花花和贝贝。母子三个先是在我隔壁东边的屋子边驻扎下来，过几天又向东移得更远一点。我猜想猫妈妈最终会把两个孩子带到小区东边的一大片荒地里，那里面有水泊，长满野草和芦苇。牛牛不肯走。开始时，猫妈妈每天都来车库里看他，嘴里对他不停地嘀咕，劝他一起出去，后来变成三四天来一次看他。有一次牛牛被妈妈劝服，跟着她出去了一会儿，又溜回车库里。花花和贝贝也常回车库里吃东西。每当这时，牛牛总是满身的精神，急切地上前套近乎，但是，花花和贝贝对他十分冷淡，吃完就走。牛牛想亲人们，我曾见到牛牛跟着一只大野猫去找妈妈和哥哥姐姐，在我东边隔壁的空屋子边，他准确地找到哥哥姐姐待过的落水管道，伸长一只小爪子在里面不停地摸寻。此情此景令我无比感动。我在小区的东边找到了他的妈妈和哥姐，我呼唤猫妈妈回去带走牛牛，但猫妈妈心意已定，不为所动。他们三个后来就不大看见了。

牛牛留了下来，成为家宠的第三阶层。

我后来发现牛牛不肯跟妈妈走的原因是得了慢性腹泻，拉稀太多，肛门都突出来了。这个病不用治，我天天给他开小灶，喂他吃小鱼，没多久他的抵抗力上升，病症全消。

到了秋天，我听说动物保护协会那里新近拦截了一辆运猫车，就找了一辆车子去小动物保护基地，想领养一只像小老虎的小狸猫，他的死去让我心疼难消。没想到同去的人先抱了一只可爱亲人的黄猫上来，而我亦选了一只与小老虎长得很像的一只小猫，这样，我就一下子多了两只。黄的起名叫"康康"，不到一岁。小狸猫起名叫"小六子"，有半岁吧。

从各种迹象看，康康和小六子并没建立起第四阶层，其实还是第三阶层，与牛牛平级。

百合现在身份不明。他乐不思蜀，野性十足，无所谓当什么老大。我就亲眼见他按住一只漂亮的母猫强行亲热，又见他在老远的桥洞底下优雅地漫步，我上前招呼他，他扬扬不睬，只轻声与我打个招呼。我追着后面叫他回家，他身子一闪便在野草中消失。他来这个地方前，此地无白猫；他来之后二三年，种子遍布，遍地白猫。

康康和小六子领回家前，动物保护协会的人对我讲，要把他们在笼子里关一个星期，才会认识新家不会跑掉。但它们在笼子吃饱喝足后不停地要求出来，才到家一个多小时，我就把他俩放出来了。一出笼子，康康便从大门跑了出去，小六子以前跟康康肯定是素昧平生的，只是同车难友，现在他自动跟在康康后面，也跑了出去。我想，这下完了，两个都跑了。

但是过了一个多小时，康康又带着小六子回来了。原来他刚才是出去察看地形的，他显然很满意周边环境，回来后又开始楼上楼下视察家里环境。最后，他带着小六子在我的书房里安营扎寨，把我木格子书架上一个空格当成他们的窝。这是他们的小世界，在这个小世界里，康康是小六子的主心骨，他们不是君臣或主仆，不是上帝和凡人，他们是兄弟，有时候像父子。小六子还像个奶娃娃，想家，或想妈妈，夜里总睡不着觉，嘴巴里一直哼哼唧唧。康康就一手搂着小六子的头颈，一手把自己的尾巴拖过来放到小六子面前，不停地摇晃尾巴逗小六子玩。小六子伸手玩着康康的尾巴，玩一会儿就睡着了。小六子就是这样被康康带大的。这是我理想中的关系，可惜在动物世界中，也是不太多见的。

2010年2月5日，百合突然回家，康康以为是野猫侵犯家宅，一头冲上前去与他打了一架。等我上前去劝架时，百合已走，他一去不回头，再也没回来过。家里的世界太小，他不屑于在此争抢地盘。现如今，每当我在这里见到白猫，总是识出了百合的嘴脸。

3月份，我收留了一个混世魔王。他是一只可爱的黄猫。据我观察，白猫外柔内刚，脑子聪明；黑猫大多脾气差，独往独来；黄猫可爱狡黠，都有一颗做家猫的心；黑白猫刚直，但常会脑子搭错；花狸猫亲人，智商都不高。

这只黄猫是一只成年公猫，来我家里吃了猫粮以后就不走了，藏在门外的小树丛里，我一出门，他就迎上前来，套近乎，撒娇。我知道他想进屋做家猫，但我不收留健康的成年猫。他就使出了另一招，每次我家里有客人来，他就第一个从小树丛里钻出来，跑上前去迎接。有时候车子还没停稳，他就上前等着了。客人，尤其是女客人，总是惊喜万分地说，哎呀，这是你的猫呀？好可爱哦……

这种事情发生得多了，我也不胜其烦，就对黄猫说，算了，你进屋吧。

于是他就光明正大地进了屋子，成为我的猫，成为第三阶层中的一员。他看康康、牛牛、小六子的眼神，很是"尾大不掉"，不屑于与他们同一阶层。我那时没有对他产生足够的警惕，还给他起了一个女里女气的名字叫"娇娇"，他实在太可爱，太娇美了。

一个星期后，我给他改名为皮蛋。两个星期后，又改名为浑蛋，一度又叫他滚蛋。

首先他挑衅第二阶层的小黑妹。小黑妹除了吃饭，几乎都在外面玩。这天她回家，看见家里多了娇娇，表示出对新成员的不愉快，嘀嘀咕咕地吃完就走。娇娇拦在她面前，等她走过时，突然伸手摸了一下她的屁股，小黑妹大怒，转身给了他一巴掌。他一副无耻的样子，根本不在乎。以后，只要有机会，他就要调戏小黑妹。小黑妹被他多次摸屁股，威风扫地，见了他就回避。这事要不是我亲眼所见，根本不相信这是真的。

我马上进城去给他做了绝育手术，手术前登记的名字是"皮蛋"。去医院前他有点紧张，咪咪叫个不停。做好手术，回到车子里，他在笼子里站起身，斜眼看一眼车窗外面的天，知道是回去了，一声不吭。

他可不是那种轻易放弃想法的猫。绝育当天回家，他就跟老大毛毛打了一架。可能他认为自己进了一回城，也见过了世面，就得挑战老大的权威。这一仗打得悲壮，皮蛋刚动完手术的屁股崩了线，鲜血直流。我赶紧把他抱在怀里，见他气得吹胡子瞪眼，眼睛里的瞳孔变成细细的一条直线，像蛇眼一样，我心里一惊，知道这东西不是善茬。

接下来的日子，他与无牙老大毛毛的打斗变成了家常便饭。不打斗的日子里，他也会变着法子发泄心中的不满，或者是示威。譬如把桌子上的面包撕扯一地，这可是真正的撕扯一地，七八十平的客厅和厨房，那么均匀地撒了一地啊！不仅是面包，还有纸张、卷绳。我知道是他干的，但我抓不住他的把柄，因为这些事是在夜里发生的，早上起来我还看见饭菜的罩篮倒在地上，上面一泡猫尿，我想应该也是这家伙搞的吧。大家全都怕他，他睡觉的地方没人敢去。我叫他"混蛋"时，他也一副爱理不理的样子。他难得不闯祸时，四脚朝天睡在窝里，还是挺可爱的。

他闹腾了一年零两个月，失踪了。家里又恢复了以前的平静样儿。他来我家时体重三点四公斤，失踪前几天我给他称过，是五点二公斤。说明他一边抢位子，闹腾，一边也过得很好，没亏待自己。

2010 年 11 月和 12 月，我分别收留了小宝和发发，都是公猫，两个月左右大。他俩组成了第四阶层，吃东西总是最后吃的，看见老大毛毛会上前讨好地亲嘴。

2010 年 9 月，我还收留了一条半岁的小狗，浑身长了癞皮疮，就是俗称的"癞皮狗"。他被人扔在小区外面的道上，我出门经过他身边，给他吃了一个包子，结果当我回到家里时，他已经睡在我门口给我看门了，是我的狗了。少不得给他起名字、治病、清洁身体内外。他叫土根，是我养过的最大方、最善良的狗。小区后面的村子里，农民家里有许多大狗，这些大狗举止有度，善解人意，喜欢交际。他们成群结队前来我家找土根出去玩，一大群呼啸而来，裹挟着土根呼啸而去。若是土根饭盆里有东西，大家也会停下来分掉，土根退后几步，看着朋友们分享他的饭菜。我以后也收留过无数的狗，大的小的，强的弱的，全都无比小气，没有一个有土根这般情怀。他也没有阶层意识，与所有阶层的猫们保持距离，不亲近，也不排斥。

10 月份，我收留了流浪小母狗秧花，她有一岁大了。猫们分阶层全凭先来还是后到，而且母猫不参与老大位置的竞争。狗分阶层是看年龄，不管公母都会参与老大位置的竞争。从这点来看，狗的进化比猫要多一些，因而狗的智商比猫要高一些。秧花比土根大，土根就让着她，让她当老大，有好吃的让她先吃，大而温暖的窝让她睡，咬人的事，也是秧花冲在前面。秧花存在了三个月，快过年时失踪了。过年前总是猫狗成批失踪的日子，底层人的生活，因为无奈，而陋习重重，不说也罢。

过年后，土根带回了一只母狗阿香，阿香的年龄比土根小，什么都听土根的。两个人成家落户不到两个月，阿香在刚拓展的马路上蹦蹦跳跳，被车撞死了。不久，土根引来母狗菜花，之后又来了她的一个小姐妹稻花。两条母狗都比土根小，看土根的脸色行事。

再说猫。猫的第五阶层出现在 2011 年春，野蜜蜂飞舞时，是三个家伙：壮壮、杰克、马力。他们的妈妈我认识，自从她怀孕以后，就一直在我这里吃猫粮。我有一盆猫粮放在相邻的空屋子边上，以备流浪猫狗续命之用。这盆永远满溢的猫粮还喂大了一群野刺猬，当然这是后话。我与刺猬们不太熟，无法了解他们的阶层是如何划分的，说句不怕人笑话的话，刺猬大概是母系社会吧，一个家族由母亲担当老大。除了冬天，我在小区散步时，那只大的刺猬会跟随我，会拦我的路，会与我玩，跟着我回家，吃我放在外面的猫粮。有一次她带了一群小刺猬到我家吃猫粮，我才知道她是母亲。

三个孩子的猫妈妈把他们生在我家墙边的废铁皮里。这几张废铁皮是装修时用剩下的，没舍得扔掉，靠墙支着，形成一个三角形的窝棚，她就在里面人不知鬼不觉地生下三个孩子，然后在孩子们两个月左右时，她不见了。我猜想那是她遗弃了孩子们，因为杰克从铁皮里向我吱吱求救时，我发现这三个小家伙脸上没有眼睛，在自然界中，这不适合生存。

我把这三个小家伙放在两只手掌心里抱回家，先要让他们学会在碗里吃东西和喝水。杰克马上就学会从碗里优雅地吃猫粮。壮壮是三个中的女孩，性情急躁蛮横，她使了些蛮力气，硬把猫粮塞到了嘴巴里。马力费了好大的劲也学不会，要么咬住碗边不放，要么咬住我的手不放。

然后我发现他们其实是有眼睛的，只是患了某种眼疾，脓水层层结痂，像水泥一样，把眼睛糊没了。接下来的一个星期，我严遵医嘱，每天四五遍，给他们用药水洗眼睛。

一个星期后，他们的眼睛被我洗开了，虽然都是一条小缝，但他们能到处跑着玩了。

他们长得很快，眼睛都是小小的，而且总是出毛病，经常发炎，要点眼药水。这第五个阶层，是要被自然界淘汰的，我也常担心他们活不久长，看着他们，我不知道自己收留他们做得对还是不对。他们自己不知道这一点，每天都过得很愉快。花狸猫马力常常站在屋子中间发呆，睁着刚点过眼药水的眼睛，脑子里一片空白。壮壮的毛色与马力一样，她始终是独往独来，不与任何移动的生物交流，常常一出去就是三四天，不知在外有何公干。路上遇到她，和她说话，向她请安，她一概不理，转脸看别处。杰克喜欢看门卫养的鸡，早上出去，晚上一本正经地看完鸡回来睡觉。他把门卫的一群鸡从毛球一直看到下蛋，还是不减热情。有时候我烧了好吃的东西，小鱼或肉糜，要到门卫的鸡窝边去找他。他是只黑白猫，清洁整齐，身材壮硕，短短的四条腿，走起路来一条直线，目不斜视，庄严而滑稽，像个日本老头子。为了他的安全，我去给门卫打招呼，如果他弄死了小鸡，请不要弄死他，我双倍赔偿损失。杰克显然很爱这些他看着长大的鸡，没有发生过我担心的事。

总之，第五阶层活得无忧无虑，云淡风轻。

以后，我还收留过鸭蛋、白露、圣诞、长寿、奶牛、龙龙、三香、小丑、跟跟、门卫、卓别林、高架、小葫芦、吉利、胜利、二康、二毛、二黑、一一、乌头、小区某家扔在我院里的三只小猫、亲戚家里不要的一大四小五只猫……这些猫曾经组过第六和第七阶层。不管什么阶层，我是一视同仁。猫们来来往往，毛毛总是老大，小黑妹总是一人之下万人之上。

狗失踪得很快，土根失踪后，菜花、稻花也失踪了。成功送出一条小狗金刚。后来来了一条流浪狗金根，然后来了小面包。金根和小面包是 2013 年春节前一齐失踪的。春节后一条流浪母狗金花来投奔我，她怀孕了，养了四个孩子。后来我又收留了银花、小百果、小白马。从 2013 年春节后到现在，金花一直是狗们的老大，她对谁好，谁就是二把手。

时间流逝，我的猫们除了病逝的、失踪的以外，我从来没有成功送出过一只小猫，也没有遗弃过一只猫。成功送出过一条狗。截止到 2016 年 4 月 8 日，我有九只猫、三条狗。狗有两个阶层，猫有四个阶层。每一只狗，每一只猫，都有一大把故事，故事里都有一大把眼泪，但这不是本篇要说的，打住。

我也曾经养过两只母鸡：麻花和麻烦。2013 年，三九严寒的傍晚，路边卖鸡小伙的脚下只剩了麻花，人和鸡都冻得发抖，我就买她回来了。后来碰到卖鸡的小伙子，我跟他说，那只鸡我没有杀，养在家里，生蛋了。小伙子一听很激动，说，那是一只漂亮的鸡啊，你不杀她，她天天给你一只蛋。麻花喜欢泥浴，会发出吹口哨的声音和我打招呼。她也是个臭脾气，我收留过一只门卫的鸡叫麻烦，她就动不动地教训麻烦。麻烦确实也是个麻烦，门卫要杀了她，她就跑到我院子里来躲避，我花了两百块钱才从门卫手里救下她的小命。她讨好麻花，想和麻花一起捉虫子，麻花总像个女王一样，眼睛里没有麻烦的地位。她们的阶层，一望而知。

现在要说说拖鞋的事了。

以上所有的动物（还不包括我收留过的鹭、蛇、野鸡……），都是由我一人照顾、打理日常生活，他们中间谁要是生了病，我的生活就会乱七八糟，因为看病要进城，光是开车来回也得一个半小时，一个星期的病看下来，我也累得慌。何况我还得照顾我自己的一日三餐，洗，刷，拖地，打理院子，种各种好看的花，种一年四季的菜，种各色果树，施肥，治虫，除草。另外我还得写作，写长篇的同时，手痒起来，还要写短篇和中篇，还有散文，间或写点诗歌。风花雪月要欣赏，亲朋好友不能忘……所以，我很忙，希望家里这帮家伙都要乖乖的。每一个，我收留他们的时候，都是无比可怜的，基本上都是发抖、恐慌。抱回家来，有的闭眼装死，有的哀叫不休，胆大一点的搂我脖子，奔放一点的舔我的手或脸。他们一旦养好伤，过上丰衣足食的生活，马上就会原形毕露，没有一个是小乖乖。以下列举的事都是他们干的：

一、车钥匙不见了。恰好另一把也不见了。有急事，我没办法出门了。

二、门钥匙刚才放在小桌子上，不见了。

三、写字桌上放置的山石盆景掉在地上一裂两半，我看见是壮壮推下来的。

四、放在博古架上的瓷瓶倒在地上碎了。

五、放在地上的瓷盆倒在地上碎了。

六、他们在夜里打碎了玻璃罩，我去收拾时，想，好好拿稳，不要让碎玻璃扎了脚。恰恰如刀的玻璃碎片笔直从手上掉下来，把脚面扎出了白骨，血流一地。

七、他们杀生太多，老是捉鸟，又不吃。

八、我在书房写作，来了一群喵星人，围着我扔下的一张纸片玩，咬、扑、抓、翻滚、跳跃……突然大家一哄而散，原来不知谁恶作剧，在纸片上撒了一泡尿。于是我只好站起来清理消毒。

……

以上是喵星人干的事。汪星人同样也不是好东西。如：拔掉地里长的苗或花草；把家里的鞋子、衣服、垫子……都拖到院子外面；夜里睡到沙发上；趁我不在家里时咬鸭子；天天看见的邻居走过，还是要咬；为了不给别的狗吃剩下的，吃到呕吐一地……

这种事情太多了，我也不是好惹的，撕下温情脉脉的面具，劈头盖脸大骂。我的声音在这些年内音频渐高，得益于经常的谩骂。

渐渐地他们不怕我骂。一骂就逃，一逃就没事了。

我便为他们备了木棍、扫帚、拖把，渐渐地这些东西也追不上他们的屁股。

最后，我发明了用拖鞋当暗器。任何时候，只要他们谁干了坏事，我二话不说就脱下拖鞋扔到狗头上或猫头上，百发百中。所以我的拖鞋是精心选购的，不能太轻，轻了扔不远，也砸不疼；拖鞋的质地不能太软，软了扔不远，也砸不疼；也不能太硬或太重，太硬太重穿着不舒服。最好是那种软里带骨的，轻巧有分量的。可惜我从来没买到过一双称心的拖鞋，这与制鞋人缺少工匠精神有关。他们做出来的棉拖鞋，五颜六色，放在店铺里是成型的，回家一穿，几天就能把三十五码的鞋子穿成三十八码那么大。

塑料拖鞋的底总是有问题的，要么太窄，要么太宽，要么太硬，要么太软。皮拖鞋和藤拖鞋呢，也不合适，皮的走路打滑，藤的下水要烂。绢的太轻，毛线的走路不便，木拖鞋太重，绒的容易脏，泡沫的损皮肤，麻布的会走形……

不管什么样的拖鞋，只要我一飞出去，这些小把戏们，什么地位、阶层，什么竞争、邀宠……一刹那烟消云散。我侍候他们，但老大是我。

闲话少说，拖鞋来了！

2016 年 4 月 5 日—8 日

小 黑 侠

小黑侠又叫小黑妹，或者叫小黑。我收留她的时候，她才一个半月左右。

就像人的个性千差万别一样，动物的性格也不尽相同。近十年里，我收留过六十多只猫，其中有四只猫是最有个性特别有趣的。我把这四只猫叫作"四大侠"。此篇描述四侠中的小黑侠。她是这四只猫中年龄最大的，活得最长的；也是唯一的母猫，唯一的黑猫。

当然，她的身上还可以加诸许多"最"。譬如她是我养过的脾气最差的猫，最野的猫，最漂亮的猫……

十多年前的一个夏日傍晚，月黑风高，时有闪电飘过，眼看着就有一场雷雨从天而降。这个时候，一件精彩的事就要发生了，这件事改变了一位女士的生活，也改变了一只小猫的命运。这位女士就是我，这只小猫就是小黑妹。我从街上散步回来，经过街角的垃圾桶那儿，见到两个调皮的孩子正在戏弄一只小猫。小猫身上沾了水和沙子，趁我和两个孩子说话的当口儿，小猫机灵地钻进车轮子底下了。我鬼使神差地趴下去抓起小猫拿回了家，一路上只觉得这小猫身上散发出阵阵恶臭。

嗯，我家里还有两只猫。一只是雪白的波斯猫，半岁不到。我儿子的同学带到学校，说家里不想养了，没人要的话，就要扔掉。我儿子一听，同情心大发，赶快带了回家，放在一只很小的铁丝笼里，就像放一只鸟一样。我一见头都大了，因为马上就要去外地半个多月，就吩咐儿子，在我出门的这段时间内，把这只波斯小猫还给他的同学。

等到我二十天后回来一看，那只波斯小猫在铁丝笼里长大了不少，笼子太小，他只能整天趴着，瘦骨嶙峋，毛发凌乱稀疏。不知道当时是什么样的时辰，我忽然产生了同情，在这之前，我从来没有同情过一只猫。我曾经养过一条京巴狗，有一次他去追一只野猫，那只野猫站起来，背靠着墙，扇了京巴两记耳光。我当时还怒冲冲地护了短，骂了野猫几句。见到笼子里的小波斯这么可怜，我马上行动起来，给他用垫子在角落里安了一个窝，给他准备了水和食物。放他出来的一刹那，有气无力的他看见水和食物，立马抖了抖毛。然后他有了名字叫"百合"。他后来大了，又漂亮又健壮，喜欢从隔壁人家偷女人的胸罩和短裤回来，当然，他偷回来的内衣裤，我是看不上的。有一阵子，他也捡一些香烟头回来，扔在家里。我家里没人抽烟，有客上门，如果客人需要，我们才敬烟。难道他认为这些烟头可以给客人抽吗？

除了百合，还有一只两个月左右的小猫，叫毛毛，小公猫。我去花鸟市场时，他与一群小猫关在笼子里待价而沽。我走过笼子时，他从笼子里伸出爪子拉住我裤子不放，仰起小脸定睛看着我。这个小囚徒让我感到一阵心酸，于是他就来到了我的家，第三天我就送他去了医院，给他治好了猫瘟，一岁不到时又得了牙病，拔掉了所有的牙。他几次三番大难不死，我在写这篇文章时，他还活着，有十二岁了，能吃能睡，肥硕健壮，喜欢睡在我的写字桌上，享受我打字时轻击键盘的声音。

小黑妹一来就把他俩比下去了。他们或许有趣、聪明，但小黑妹是传奇。

小黑妹的传奇从进我家门就开始了。我把她放在书房里，与另外两只猫隔离开来。雷雨很快从天而降，我没有给她水和食物，只给她擦干身体，放在一块干净的布里。她是那么臭，而且还是个瞎子。我觉得她熬不过今夜。那时苏州只有一家宠物医院，很远，一到晚上也就关门了。我唯一能做的就是这些了，让她在一个安静的干净的角落里死去，而不是死在雷雨交加的夜里，和垃圾桶边。

凌晨两点多，我醒过来，就去书房看望这只小黑猫，看看她死了没有。我打开灯，她从布上颤颤巍巍抬起头，朝我开门的方向转过脖子，就像葵花转向太阳一样，肿得像灯泡那样的眼皮里面，眼珠子骨碌一动。

哈，既然她的生命力如此顽强，那么我得帮她活下去。天亮了，风停雨息，我骑着自行车去了宠物医院，给她配了小猫的奶粉、奶瓶、眼药水。回家给她点眼药水消炎，发现她被污物封闭的眼睛上仿佛有缝，只是一时无法睁开眼睛。我给她泡了猫奶粉，把她用一张纸包着，放在膝盖上，以无比同情的心情，给她喂奶粉。没想到她根本不领情，拼命地扭头拒绝猫奶粉，把我挤进她嘴里的奶粉一个劲地朝外面吐。这下我气坏了，把奶嘴强行塞进她的嘴里，她紧闭牙关，坚决不喝，还把奶嘴咬得"咯吱咯吱"地响。在她强大的意志下，我败下阵来，只好把她放下地。更没想到的是，她歪歪扭扭地爬到客厅里，找到一块掉在地上的小肉丝，津津有味地吃了下去。这下我知道了，她要吃肉，她不想喝奶粉。

于是就每天给她吃肉了。一个星期后，她变得有模有样了，一天点五六遍眼药水，眼睛也睁开了。她的眼睛没有问题，十分明亮有神。

然后就是一个最恶心的桥段：我给她洗澡，她身上一碰到水，虱子和跳蚤纷纷从她巴掌大的小身体上爬出来，大大小小，黑色的和深褐色的，全都油光锃亮。我来不及处理，只好拿了一只盆，放满水，飞快地抓住一只又一只，按到水里施行安乐死。片刻工夫，水面上漂了密密麻麻的一层……好了，恶心的时辰过去，小黑妹——她现在有了名字了——脱胎换骨，朝漂亮有个性的形象一路狂奔而去。

作为骄傲的脾气很臭的小公主，必须配上一位亦步亦趋的侍从。也巧了，英俊的侍从马上就来了。

也是一个月黑风高的夜里，我被屋子外面的猫叫声惊醒，这声音围着我家的屋子转，苍老惶急，拉长着声调，一声又一声，在安静的半夜里很瘆人。我以为是一只走投无路的老猫，披衣开门一瞧，原来是一只漂亮的花狸猫，看上去年龄比小黑妹略大一些。我让他进来，他不敢；我去抱他，他就回避；我一离开，他就嚎叫。我灵机一动，进屋去抱出小黑妹。小黑妹睡得昏沉沉的，浑身散发出热腾腾的气息。我把她在小花狸猫面前一晃，小花狸猫就像中了咒语一样，乖乖地跟着我进屋了。他长得虎头虎脑，傻头傻脑，一张斑斓的花皮，颇像一头小老虎。我当下就给他起了一个名字叫"小老虎"。

但这个家伙一点也没有老虎的威风，他痴痴呆呆地挨到小黑妹身边，缩着身体睡了下去。小黑妹睁开眼睛，打个哈欠，一伸手搂住小老虎，一起沉沉地进入梦乡。

从此后，他俩形影不离。小黑走在前面，小老虎总是跟在后面；小黑吃东西，小老虎总是让她先吃；小黑要睡觉，小老虎就让她搂着当枕头。我们现在把小黑妹叫成小黑了，小黑这名字比较中性。但她是个母猫，这个事实无法改变。她一岁左右时，我听从宠物专家的建议，给她去宠物医院做了绝育。回家放在笼子里，她头上戴着头套，身上绑着腹带，浑身散发出麻醉、消炎止疼的药水味儿。毛毛看见她这样，并且散发出这种可怕的气味，大叫一声就逃了，一副无情无义的腔调。小老虎的态度与毛毛完全不同，他围着笼子转，并且把爪子伸进笼子，去抚摸小黑的毛发，给她安慰。小黑在笼子里很不安定，我试着打开笼子给她喝点水，她却一头窜出笼子，跳到院子里的围墙上，从围墙上翻到别人的屋顶，一转眼就没了。

那天夜里，我一夜无眠。小黑可是刚动完绝育大手术，十几个小时没吃没喝了，头上戴着脖套，身上绑着绷带。我唉声叹气，自责不已，泪眼模糊，就像天要塌下来了。

小黑失踪后的第四天，中午，她突然从别人家的屋顶上跳回院子里，头上的脖套没有了，身上绑的腹带也被她搞掉了。她从高墙上飞身而下的样子，比蒙面大侠佐罗还潇洒几分呢。我赶快给她食物和水。她看来真的渴了、饿了，大吃大喝一通，搂着小老虎睡了。我看看她绝育的伤口，干燥整齐，已经愈合了。

于是我打电话告诉宠物医院这件事，不无炫耀地说，你们不是说，母猫做过绝育后，要戴半个月的头套和腹带，不然就会感染？

宠物医生说，谁知道你家这是一只什么猫！

她就这么牛，她是一只超级猫。

她做完手术十天后，我们搬家了，从市中心搬到离太湖不远的一个乡镇接合处。那时候，这个地方还没有路灯，小区里也不开路灯，春夏秋三季，一到晚上，小区周围的农田里，虫虫们一起欢唱。

搬过来那天是 2008 年 4 月 13 日下午，乍来生地，几只猫一起缩在楼下的房间里，任我引逗，就是不出来。关键时候看小黑。到了傍晚，小黑从房间里露了个头，她想出门看看，但忽然改变了主意，转身把小老虎从角落里推了出来。小老虎低着头，她站在小老虎面前，不停地说着什么，时而推小老虎一把。我不懂猫语，但也知道，她时而呵斥，时而安慰，时而诱导，时而温柔，时而凶蛮，威逼利诱，种种施压，就是想让小老虎出门为她探个险。这一幕，不是我亲眼所见，绝不会相信。

最后的结局是，小老虎坚决不出去，小黑只好自己出门去探了个险。她对新环境十分满意，尤其对乡村的夜晚情有独钟，从此经常夜不归宿，把小老虎扔在家里不管。

搬来乡间，小老虎的生活质量变差了。我呢，不是差不差的问题，我的生活变得很恐怖。当我夜里坐在电视前安心地看节目时，小黑回来了，把她送我的礼物扔在我脚下，等不及我说一声谢谢，回头就消失在黑夜里。她给的礼物不能看，一看就要跳起来，这是一条活蛇，盘在地上，昂头吐信。

她给我的礼物清单上，品种越来越丰富，大青虫、蜈蚣、蟑螂、鸟雀……她知道我不允许她捉鸟，有一次，她匆忙从外面回来，见到我，马上藏到门后。我心知有异，打开门，果然见到她嘴里叼着一只大鸟。我从她嘴里夺下大鸟，捧着朝外面去放生。这大鸟一肚皮鸟气无处发作，正好我的手指在它的脖子下面，便一口咬住我的手指不放，疼得我叫出声来。鸟是没有牙齿的，所谓的咬，不过是长喙夹住我的手指，没想到也这么疼。我放掉鸟，也是一肚皮的鸟气没地方出。

过了一些天，我发现她跳跃的时候，肚子上会发出"咕咕"的水声，一检查，才发现给她做绝育后，没有带她去医院拆线，造成缝合处化脓，烂成了一个洞。水声就是从洞里发出来的。也许医生忘了和我说，也许说了我没听见。这个不重要，重要的是，她根本不在乎，照样疯跑疯闹。

我也越来越怕她，最怕的是她和我说话，她的语言很丰富，但我一句也听不懂。我常常在她的语言轰炸之下，禁不住怀疑人生。嘀嘀嘀，咕咕咕，嗯嗯嗯，喵喵喵……她专注地看着我，专注地和我说话，固执，孜孜不倦。一旦她认为我有意听不懂她的话，便中止语言沟通，上来就在我的脚面上咬一口。

她身上发生的事太多了，说都说不过来。一年四季，每天都是适合她玩乐的美好时光，每一处地方都是适合她戏耍的天堂。夏天暴雨成灾时，我见过她蹚着积水朝外面去；冬天大雪满地的时候，我见过她浑身挂着雪和冰铃铛从外面回家；春天时，她在高高的树上玩花；秋天时，她爬上屋顶看云。

她的寿命也很长，"四侠"中，她是活得最长的一位。一直到今年春末，我发现她的肚皮上长出一只小瘤，我没有在意。后来小瘤便破了，出血。我当时正在进行长篇小说《风流图卷》的最后修改，还是没有太在意，觉得等几天修改完了再带她上医院。我把小说修改结束，带她去了医院，医生一看就说，这是乳腺癌。我脑袋里"嗡"的一声，如撞在了墙上。

我执意给她做了摘除手术，这个手术让她过了最后半个多月的安静时光。她去世的那天晚上，雄赳赳气昂昂，抖着一身乌黑发亮的长毛，从楼梯上走下来。她那时候并不瘦，十一斤，精神也挺好。她走到我后面的沙发下，伏在那里。我看电视，她看着我。这是从来没有过的事，她从来是独往独来的，不依恋人。小老虎去世后，她也不再与任何一只猫发生亲密的感情。我有点感动，蹲下去瞧了瞧她，她明亮有神的大眼睛睁大了看着我。我看完电视就休息了，临休息时，我看了看她，她还是那个姿势，威风凛凛。

第二天早上起来，她侧躺在我坐过的地方，已去了天堂。每当我忍不住难过时，我就会想起她生命快结束时，还那么威风凛凛。她死的方式很像她一向的做派。

2018 年 11 月 27 日

欠你一座岛

　　以前也不爱小动物。因为儿子小学四年级时，非要养一条小狗，后来那条狗到宠物医院割一只小脂肪瘤，因为麻醉事故，悲剧式地离世。这件事使得我对小动物产生了深切悲悯，以至于后来源源不断地经历了流浪猫狗的悲喜命运。对此，我有一句内行话：人类在拯救动物，如果为此沾沾自喜，那是无知。人类拯救动物的身体，动物有可能在拯救人类的灵魂。我收养流浪动物十多年，我的切身经验是，动物教会了我许多，滋润了我的心灵。

　　好吧，我碰到的第一只狗是一条被人遗弃的小土狗，公的。它被人遗弃在小区传达室门外。被遗弃的小狗小猫一般都不会离开遗弃的地方，除非它健康强壮到足够远行。这只小土狗瘦弱胆小，长了一身的癞疮，人不喜欢，连狗也回避它。我那时还没开车，正要步行着去镇上坐公交车，见到它蜷缩在传达室门外的杂草丛中，就顺手把自己手中正吃的一只当午饭的肉包子扔给了它。等到我坐了公交车进城办完许多事回来，天已经黑了，这只小土狗睡在我的家门口。它是如何知道我的住址？它又如何鼓足勇气摸进小区？它对我是怎样的判断？我一概不知。我给它准备了三样东西：一块厚垫子、一只水碗、一只饭盆。第二天我又坐了公交车进城，来回三个多小时，去宠物医院给它配了治皮肤病的药水，一天三次给它洗，居然一个星期就见效了。然后我也要出去几天，先生在外地工作，我就把它托付给了门卫，请门卫每天到我家的走廊上看看它，添加水和食物。

四五天后我回到家，见它面前放着满满的食物和水，我想它这几天应该过得挺好，见了我会表达欢乐的心情。但是它像以前流浪那会儿一样，蜷着身体，不吭声，低着头，浑身发抖。之后两天，它还是保持着这个姿势，并且不吃不喝。门卫告诉我，我走了之后它就是这个样子，不吃不喝。我突然明白了，它看我离开，以为是我不要它了，它被人遗弃过一次，怕被我第二次遗弃。这是我第一次明白一条狗的心思。于是我及时地安慰它，和它说话，带着它出去玩。它也明白了我的心，开始吃喝了，高兴了。它蹦蹦跳跳，两只嘴角向上翘起，原来它很阳光呢。

我给它起名土根。后来收留的狗们依着它名字的含义，叫水根、秧花、金根、金花、银花、芦花……很乡土的名字。

我那时候，正经历着人生的低潮。我心态消极，对人类对自己都失望，写作也挽救不了我，我的眼睛望出去，世界是灰蒙蒙的一片。我的身体也在那个时候出了状况，严重失眠，从头到脚都不舒服，人很虚弱。唯一不变的是胆子不小，所以从市中心独自搬到这个偏僻的地方，连小区都没有灯，不管什么季节，下午四点过后，路上就没有行人了。夜里，小区周围的路上漆黑一片，经常有奇怪的风一阵刮过。我看中的是小区周围有稻田，有一块一块的蔬菜地，有虫鸣、蛙鸣、各种鸟鸣，鸡犬声相闻，乡音糯软。虽然我没有种过地，但我喜欢土地。看见土地，我觉得自己或许能得到拯救。

但最先拯救我的是土根。它是我见过的最阳光的狗，后来我收留了不下四十条狗，最阳光的还是土根。是上帝派它来驱散我心中的阴郁吧？

它现在有吃有喝，有温暖的窝，浑身上下都洋溢着快乐的光芒。即使人家说它丑，说它皮肤肮脏，它还是摇着尾巴不在乎。皮肤病治好以后，它胆子开始大了起来，经常跑出小区，到小区北边的村庄里去结交狗朋友。那时候村子里有许多看门狗，强健、温和、懂事，很显然，土根与它们交上了朋友，因为这些狗三五成群地结成团伙，从村庄里呼啸而来，到我家门口裹挟了土根呼啸而去，我从不知道它们下一站是何方。一般要玩耍半天，土根方才回家。土根的食盆放在院子外头，为了不让它有食物焦虑，我总是给它的食盆里放满食物。土根的狗朋友们每回来，土根总会把它们引到食盆边，让朋友们吃光食物，它退后几步，静静地蹲在那儿看朋友们吃，一副"苟富贵，勿相忘"的做派。

我是后来养多了狗，才知道狗是护食的动物，即便兄弟姐妹、父母亲和子女，也是不让食物的。所以想起来，土根真是一条对朋友深情厚谊的狗。

作为一条看家的狗，它兴许是不太合格的。它认识的人，都可以进我的院子，甚至我的家里。见过一面，它就认识了，下回人家来，它绝对欢迎。有一次我从楼上下来，看见客厅里站着一位陌生男人，大吃一惊，我一边请他出去，一边怪土根怎么不叫。这人取笑我说，你一点记性都没有，你家的狗都认识我。原来是一位搞装修的，上次来过我家，游说整修院子的，今天又来游说了。

这件事让我觉得不太安全。我与本地人打交道时，有时候也要说到这件事。本地人觉得不需要大惊小怪，这条狗也没有做错什么事。家里来了一个人拉生意，你不做，人家不会强你所难。

我忽然有些明白，原来我是一个城市人。城市人势利、焦虑、没有安全感，这些缺点，土根身上没有，它和本地乡人一样，心思单一，待人真诚，绝不小题大做。

它从不对什么失望，它对一切都充满信心，有吃有喝有个家，它就尽量地放飞快乐心情。与它相处久了，我慢慢敞开了心扉。我拉开了厚重的双层窗帘，白天黑夜都不再把窗户遮上。我打开了门，不再一天二十四小时都关着门，有时候院门也都开着。当这一切成了习惯时，我觉得以前步步为营多么可笑，为了防备假想中的小偷，我在城里的家中装了各种各样的防卫设施，可说是作茧自缚。我现在心定了，心定后想一想：即便小偷前来光顾，我并没有价值连城的宝物和巨款，又有什么是割舍不掉的呢？世上之物，无非是从这里到那里。有饭吃，有衣穿，有房子睡，又有什么可焦虑的？

我终于成了配得上土根的人了。我对以前不能忍受的都习以为常，譬如停电。小区里以前经常要停电，说停就停，我写着写着，还没保存，电脑就突然熄火。我常常跑去物业那里破口大骂，物业也没有办法，每个与此有关的部门都没有办法，许多事情要慢慢地才能朝好处改变的。自从与土根相处后，我学会了它的从容、快乐，每次一停电，我就放下手中的活，出去东游西逛。如果是夜里，那就点上一支蜡烛，秉烛夜读，不亦乐乎，身边躺着土根，气息均匀，心满意足。从容、满足、心态开放，这是我从土根身上学会的。也许有人会批评这种态度，认为这是阿Q精神。我呢，从这上面又想起一件事：鲁迅写阿Q，也许并不是像后人解释的"哀其不幸、怒其不争"，鲁迅不过是写了一个有缺点的、糊涂的、好玩的、最后被人当了替罪羊的人。拿阿Q来指责人间的宽容、从容、淡定，是简单、糊涂的思维，是另一种阿Q。

一个人的气场，慢慢地调顺了，身体和精神都会好起来。在这个远离城市的僻静之地，住了一阶段，我就得到了我想要的，身体与精神都开始好转，仿佛世界也开阔起来，有兴趣想一想我的文字朝什么地方去。

在收留土根的同时，我还收留了流浪母狗秧花和小狗金刚。我给秧花做了绝育。住在后面一幢的老板娘把秧花带去了自己的工厂，却忘了把它带回来。再去找，已没了。它在我家里前后待了不到三个月。金刚被苏州一位女画家领养了。

我的猫从来没有人领养过。

收留土根的同时，我还收养了一批小猫：康康、小六子、娇娇、鸭蛋、牛牛、小宝、发发、贝贝、花花。鸭蛋最小，我看到它时，它的眼睛还没睁，应该才出生几天。两个小时喂一遍，包括夜里，吃了一个多星期的猫牛奶，它的眼睛才睁开一点点。它们都有很多故事好讲。譬如康康，它比小六子大不了几个月，但它充当了小六子的保护者。小六子晚上睡不着觉，想妈妈，老是哼唧，康康就搂着它，把自己的尾巴扯到它面前，给它玩，用尾巴逗它。小六子常常玩着玩着就睡着了。

另外我还收留了一窝无主的小猫，三只，它们生在我家废弃的建筑材料里，但是后来妈妈不见了。我连续几天听到材料里面有微弱的声音，打了手电筒一照，才发现这窝又饥又饿的小奶猫，它们的眼睛都睁不开，被眼眵糊得一丝缝也没有。我把它们拿回家，去城里配了宠物用的治疗眼药水和洗眼睛的药水，每样药水一天三遍地给它们使用，一个星期后，它们的眼睛都开了一条缝。我给它们取了名字叫：壮壮、杰克、马力。这三个家伙让我终生难忘。壮壮在外面被汽车撞得半身瘫痪，一个多月后，它挣扎着寻回家里，身体已变形，两条后腿是反着的，在地上拖着，下半身脊椎已坍塌，身上又脏又臭，又是水又是血，像个怪物似的。大家全都离它远远的，只有它的弟弟杰克冲上前去抱它、亲它，我这才认出是壮壮。我问了宠物医院的医生，医生说这种情况只能安乐死。我给它制订了恢复方案，主要是营养，太湖里的小鱼小虾很便宜，我让它天天吃够。一个月后，它扭曲的后背直了。半年后，它两条后腿正了。它飞快爬上树的那一刻，我感动得掉了泪。我照顾了它四年，直到它再也无法活下去。它后两年大小便失禁，侍候它的日子变得十分艰难，是杰克浓浓的亲情鼓励了我，也是它强烈回家的愿望打动了我。

这些都是点点滴滴的滋润，润物细无声啊。

家里多了这么些小动物，土根从来不表示厌烦，从来不欺负后来者。

我在土根身上得到的好处是无价的，而我不过是给了它存身的一小块地方。

2011 年 9 月 28 日，这是我看到土根的最后一天。那天，村子里的狗们来叫它一起出去，我看着它混在一大群狗中，蹦蹦跳跳地出了小区朝东边去，然后就再也没有回来，村子里的那群狗也没有再来。乡风淳朴，但也有害群之马。何况这个地方一下子涌进了许多人，天南地北，什么人都有。

土根不见前四天，曾经带回来一位女朋友住在我家，我起名叫菜花。菜花来了三天就不见了。土根又带回一位女朋友，我起名叫稻花。稻花和土根一起出去玩，也没有回来。她来了才一天，有了名字也一天，吃饱喝足有个窝，也一天。

土根不见以后，我夜里又开始失眠，并且生了一场大病。我不停地自责，如果我会赚钱的话，我早就有很多钱了。有了很多钱，我会为它与女朋友们，还有猫们，买下一座岛，或长久租下一座岛，让它们在岛上吃喝玩乐，这样它们就安全了。

我收留的第四条狗叫金根。它是在土根不见后的第三天来到我家的，它肯定知道土根发生了什么事。它是一条成年公狗，两岁不到的样子。土根活着的时候，它也曾来土根的饭盆里蹭饭吃。它长得实在是丑，从脸到尾，一身杂毛，五官不清。我先是给它起名叫抹布，后来改名小丑，最后才叫金根，好歹它的黑、灰、咖毛中也杂有金黄色的毛。

狗来投奔你，特征就是，晚上它替你看门，有陌生人经过，及时地吠，告诉人们，它是这家人家的狗，它是有人家的，不是流浪狗。

　　但它害怕人类，它替我看门，我供它吃喝，它永远不肯进我的屋子，一直到失踪，它也没有踏进过它日夜守卫的屋子，哪怕是一步。它只肯睡在廊下，我给它在那里放一只窝。我从来不曾把它抱在怀里，好好地爱抚它，即使它睡得打呼噜，只要我一靠近，它就弹起跑开，与我拉开安全距离。我猜想它受到过人类的伤害。

　　每次看见它，我都心情复杂。我与小区里的一只野刺猬都交过朋友，相处都很融洽，偏偏与金根无法亲近。

　　那只野刺猬大约是常来我家屋檐下偷吃狗粮、猫粮的原因，把我当成了它的朋友。晚上我在小区里散步，它就在我边上的绿化树丛里跟着我。为了引起我的注意，它使用了种种方法。刚开始它有些害羞，弄出一些小声音，我忽略了。我曾经独自住在大房子里，听到很响的莫名其妙的声音，我也采取忽略的态度。后来它就在落叶下面表演潜行，如蛇一样快而滑。我也真的以为是蛇，远远地躲开，继续散步。它一计不成又来一计，居然把绿化带里面的枯叶朝天上抛。那时小区外面也没有路灯，一到晚上，没有月亮的话，便漆黑一片。小区里只住了三四户人家，小区的路上也不开灯，我看不见它，只见一团一团枯叶飞到空中，说实话有点怕人。碰到这种情况我就赶快回家。这只野刺猬使出了最后一招：它在路中间拦我。那天有月亮，我看见了它在前方的路中间跑来跑去，恍然大悟。但我以为它拦我，必定是要吃的，所以后来我散步时手上总要带点好吃的东西，肉或者水果。但很多时候它并不吃东西，我发现它想跟我玩。我就顺手扯下路边的小树枝，逗它玩。

最经典的是，我用小树枝轻拍它的背，我一拍，它就一跳，乐此不疲。我俩玩这个游戏可以玩上十几分钟。我也经常抱它，它身上的刺并没有想象中那么硬。与它相处时间长了，我愈发喜欢它乐天风趣的个性，有它的日子，我每天晚上散步的时间都焕发出光彩，跟着我的有狗、有猫、有它。它冬眠期间，我会很想它，巴不得春天快些到来。两年过后，它从一只变成了一群，我用手机拍到过它带着子孙来我这里吃猫粮。它的子孙不太好玩，我试过与它们玩拍树枝游戏，子孙很紧张，拒绝树枝，并且爱生气，发出"嘶嘶"声威胁我。

有一次与小区里二十五幢的邻居蒋小姐聊天，说到刺猬的事，原来是她在菜场里见人售卖一只野刺猬，她不忍心，买下来放进小区里了。这只刺猬也经常去她家院子找她呢。

它给了我无边的快乐，我坚硬的生活像是被它凿开了一个洞，新鲜的空气和阳光源源而来。

如果我有一座小小的岛屿，我也会把它带上岛，让它在岛上自由奔跑。

再说金根。金根和我不亲，老喜欢朝外面跑，它还不如刺猬亲我。喜欢朝外面跑的金根命运多舛，不久就染上了狗瘟。流鼻涕，鼻涕里有脓和血，眼睛睁不开，不吃不喝，毛上一层流出浆液。因为它死命地抗拒我带它就医，我只好试着自己给它医治。小动物们，不管生什么病，只要肯吃就有救。我试着给它喝牛奶，发现它肯喝牛奶，大喜，在牛奶中放了抗病毒冲剂和头孢拉定、维生素 C，它也喝了下去。2012 年 2 月 5 日，它开始病倒；2 月 9 日，它能站起来欢迎我了，虽然还是咳嗽、消瘦、无力，但它已渡过生死关头。

过了没多久，有一天早晨，四点多钟，我在睡梦里仿佛听到狼嚎声。惊醒后一听，果然外面断断续续传来似狗似狼的嚎声，声音凄惨。我吃了一惊，连忙披衣下床，开门出去寻找声源。只见在传达室门口，金根躺在地上，口吐白沫，仰面朝天，四肢痉挛。当我摸着它的身体时，发现它的身体在迅速僵硬。门卫过来说，这条狗好像是吃了人家投的毒饵，他看见它一路摇摇晃晃，不停地倒下，再挣扎着起来走两步，还在地上拖着向前，目的就是回到家。到了传达室门外，它就再也走不动了，喘息，然后叫喊。流浪狗食了毒饵是不叫的，它叫，是想让我听到。

我在乡间住了几年，丈夫在外地工作，半个月回家一次，儿子也在外地。我独自一人应付生活，已锻炼成一泼妇。我马上回家用肥皂兑了一面盆淡肥皂水，给金根灌了下去。腹部朝下，给它压肚子，抠舌根，动作迅速，无师自通。金根接二连三地吐，毒素随着肥皂水一同流出来，身体渐渐柔软下来，喘息也缓慢均匀了。我请了门卫与我一道把它抬回家去，它一到了家，刚放下地，虽然还不能动弹，尾巴却摇了起来，表示它回了自己的家了，它安全了。

到了第二年春天，春暖花开，金根出去找女伴时，还是没能回来。

我要是有一座岛，那么它现在还活着，还是身强力壮时。它中毒后，我把它带回家，它一沾到家的地，虽然身体还不能动弹，却摇起了尾巴。我感谢它对我的信任，感谢它与我一道喜爱这个家。

金根在家里时，我收留了亲戚家里扔来的五只猫，还有小区里一家住户强行扔来的三只猫。还收养了小猫发发、圈圈、圣诞、奶牛，还有一只成年公猫"独眼龙长寿"。这是一只传奇的猫，我发现它时，不知道出了什么事，它的一只眼珠子挂在脸上。我带它去做了眼球摘除手术，本以为它会从此胆小畏缩，哪里知道它满满的正能量，一身阳光。外面哪里热闹就去哪里玩，即使睡着了，一听到外面有动静，譬如挖沟打桩之类的声音，人都躲之不及，它马上冲出去探个究竟。它还会给我当男保姆，每次我收养了小奶猫，都扔给它带，它脾气好，会搂着小猫们，温暖它们，带它们玩耍。有了它以后，我省心不少。只有一次它发了脾气，一只刚来的小奶猫，脾气很倔，拒绝让它带，气得它把这只小奶猫的窝踩了个稀巴烂。

随着岁月流逝，曾经收留的小动物们大都云散。但公正地说，我在这些小生物身上得到的滋润、快乐和启迪，远远抵过我失去它们的悲伤。

接下来我说一说另一条狗。狗与猫有何不同，猫打架是抓脸抓脖子，狗打架是咬脸咬脖子。猫与主人相处，从不关注主人在干什么，彼此轻松。狗与主人相处，亦步亦趋，时时留意主人的一举一动。你整天被狗们留意着，你的生活状态和心情的变化，三百六十度无死角，全在它们的注视之下。

我就有这么一条狗，它叫金花，是条母狗。它是我收留的第五条狗，是我见过的最有头脑的狗。我是2013年2月6日第一次见到它，它大约一岁多，两岁不到，身上有点江湖气息，与另一条小母狗结伴而来，想在金根这里混点吃喝。它与它的这位小姐妹合起伙来捉弄金根，小姐妹缠住金根，假意与金根玩耍，它就含了金根碗里的骨头，漫不经心地把骨头朝地上扔远，一点一点地朝东边挪。东边有一扇铁栏杆大门，它们就从栏杆里进出。金根常常察觉不对，跑去把骨头捡回来，但经不住小姐妹的再三引逗，一时失察，骨头就远了。它含了就跑，然后小姐妹也赶快跑走，只剩下金根怅然若失地站在原地。

　　这种情景，谁看了都会失声而笑的。矫情地说吧，这是生活的馈赠。

　　不久，金根失踪。金根失踪的当天，这条母狗就来到我家门口不走了。以前与它同进同出、骗吃骗喝的那条小母狗也不见了。它肯定是知道发生了什么事。

　　我像以前一样，到处找金根。金根找不到，回来时总看见这条母狗盯着我，打量我的一举一动，观察我的神情。我沉浸在失去金根的悲伤中，我不想再收留狗了。我就把屋前屋后的狗粮猫粮都撤掉，对它说，这里没有吃的，你找别家去吧。

　　但它无所谓，它先是要一个家，然后才是食物。它白天在外面找吃的，晚上回来替我看门，一有陌生人就可劲地叫。我不为所动，还是不让它吃东西。这样过了一个星期，有一天它突然进屋来找东西吃，其实它这时候怀孕了，肚子实在太饿才进了屋子。看见我这个不肯收留它的人，它一下子吓得昏了头，在屋子里乱窜，因为怀孕了，尿液到处溅洒，满地都是。我生气了，拿了一把扫帚赶它，结结实实地被我打了几扫帚。就在我收拾屋中残局时，我听到屋后有哭声，抽抽噎噎，气息难平。我想是谁呀，白天在哭。出门到屋后一看，原来是它，坐在屋后伤心不已，眼角上有泪，声声哀绝。

我后来问过养狗的专业人士，狗真的会哭吗？他们都回答，狗是会哭的。

我当时想，哎呀，我把它打痛了吧？心一软，上去摸着它的头说，算了，我就收留你吧。它马上止住呜咽，跟我回家了。

我给它起名叫金花。因为有一次我到村子里玩，热情的村妇们说我长得像她们村子里的金花，我本来想把金花当成另一个笔名启用，现在就给了它。一个多月后，金花生下了四只小宝宝。

到今年三月份，金花来到我家五年。它是一条十分特别的狗。五年中，它与我一同收留了无数狗猫，虽然它心胸不算开阔，也会小心眼，也会小算计，很不喜欢每一个新来的成员，但它还是尽量大度地接受了每一位新成员。说起它的事，三天三夜也说不完，它赠我快乐，予我启迪，给我安全。在它的日夜陪伴下，我的心情一天比一天好。

但我还是想拥有一座小岛，带着我的鸡鸭狗猫，带着天上的飞鸟，在岛上天长地久。我在岛上看书，写作，想出两个可以区分动物性别的替代"它"的字眼。夜深人静时，坐在水边，与它们一同看星星……

2018 年 2 月 2 日于浦庄"五彩屋"

当我把爪子叫作脚

这个题目指向不明，光看题目，没人会知道我写的是鸡。狗猫鸭子刺猬龙虾白鹭我都养过，它们都有爪子。给点提示，可能会有人猜想我写狗猫。到底狗猫伴随着人类生活，在一起久了，在主人的心中自然发生拟人化，把狗爪猫爪说成狗脚猫脚是很自然的事。但是把一只鸡的爪子说成脚，还是会让人不太适应。这种不适应，就是我要拿文字来填补的地方。未来的声音我们已经能听到，人类必将朝着更文明的地方行进。探讨人与自然，人与动物、植物的关系，是很有意义的。植物的情感、动物的情感，人类了解得越多，对物种多样性的保护就越有利。

当然，我写的这几只鸡，并不是真正自然意义上的鸡，只是家养的鸡，从孵化场里出来，出售到集市上，再从集市上分散到家庭或养鸡场。养到两三个月不等，再回到集市上，最后流通到人类的餐桌上成为美味。我写这几只鸡的意义在于，家养鸡的祖先是来自距今九百万年前的野生原鸡，野生原鸡的祖先是距今有两亿年的侏罗纪末期时的始祖鸟。一直到现在家鸡的特性还与野生原鸡一样，以昆虫、花嫩芽为食。探讨研究现代家鸡的特性，了解它们的情感世界，有助于我们了解这一类的生物。

我想说明的是，我也吃鸡，而且认为鸡肉很美味，是人类补充肉蛋白的佳品。弱肉强食，是地球的法则，各种生物的生存之道。但我同时也认为，强可食弱肉，但不可以毁灭弱肉。我一直觉得，人类文明的终极圆满是用科技打破弱肉强食的生物链。如果我们能在这个过程中保全各式各样的生物，那么到了那一天，地球上不少生物种类都能幸存，都能得到解放。人类的真正意义也得到阐述。作为生物链顶端的人类，不是要吃光毁光所有生物，而是要尽力保全每一种生物的生存权，等待黎明的那一天。人类为什么要造出一个上帝？因为人类不想成为地球生物的终极主宰。当人类解放地球上所有生物时，众生在上帝面前必将平等，地球也真正成为生命的家园，而不是弱肉强食的战场。这是我，一个人类的理想。人类许多理想都实现了，我这个理想也许能实现。

到那个时候，汉语中的一些词会消失无踪，譬如"爪子"。没有爪子，所有生物的爪子都和人类一样，叫作"脚"。

回到当下，说说几只鸡的感情，还有这几只鸡和我的感情。我等不及到地球大同的时候，我现在就把它们的爪子叫作脚。可是我还得把"它们"与"他们"分别开来，汉语的某些固执来自我们的成见。反正鸡不识汉字，就称呼"它"或"它们"吧。

鸡有没有智慧和情感？我说有。有人说没有，说鸡表现出来的智慧和情感只是一种无意识的本能，是人类的一厢情愿。这是他们不了解这种生物，或者只把鸡当成食物。如果动物的情感和智慧只是本能，那么人类的情感和智慧又有多少是出于本能？人类放进嘴里的许多食物都是有智慧和情感的，必须承认这一点，人类才能更好地认识这个世界，并有所敬畏。鸡肉很美味，但我不会吃得太多太频繁，有所节制就是最朴素的感情。

现代人一提到鸡，也许最熟悉的就是"肯德基"，而中国古人对鸡的重视远远超过现在。成语里有许多关于鸡的：闻鸡起舞、鸡犬相闻、金鸡独立、鸡犬升天、鸡飞狗跳、鸡鸣狗盗、鸡飞蛋打、鸡毛蒜皮、鸡零狗碎、鸡犬不宁、嫁鸡随鸡、牝鸡司晨、偷鸡摸狗……这里面有不少对鸡不尊重的意思，这不怪造成语的人们，我与鸡打交道已久，我知道鸡有那么一点不稳重。

关于鸡的诗词歌赋就更多了，列举几句耳熟能详的：

雄鸡一唱天下白。（李贺）
半壁见海日，空中闻天鸡。（李白）
飞来峰上千寻塔，闻道鸡鸣见日升。（王安石）
狗吠深巷中，鸡鸣桑树颠。（陶渊明）

苏州人唐伯虎有诗：

头上红冠不用裁，
浑身雪白走将来。
平生不敢轻言语，
一叫千门万户开。

在古代，鸡被称为五德君子。它的五德为：文、武、勇、仁、信。头戴冠，为"文"；足有距，为"武"；敢斗敌，为"勇"；见食相呼，为"仁"；守夜报时，为"信"。

另外鸡与吉谐音，因此古人称之为吉祥之物。

《西游记》第七十三回，唐僧被黄花观里的蜈蚣精捉住，中了毒，连孙悟空都束手无策，只好到紫云山千花洞找毗蓝婆菩萨帮忙。毗蓝婆菩萨在她的儿子昴日星官眼里炼成一根绣花针。只见她取出绣花针朝天空一抛，即刻破了蜈蚣精的妖法。

原来二十八星宿之一的昴日星官是只六七尺高的大公鸡，他住在天上的光明宫，神职是司晨啼晓。他在《封神演义》中的名字叫黄仓。

我是不敢把我的鸡叫作黄仓什么的，虽说我养过的鸡全是黄黄的毛，黄里夹着黑点。

我养的第一只鸡叫麻将，第二只叫麻烦，第三只叫麻花，第四只叫麻饼，第五只叫麻鸡。本想把麻鸡的名叫作麻瓜，就是《哈利·波特》里的麻瓜，后来怕有抄袭之嫌，就叫麻鸡。其实也差不多。

麻将养得早，存在感不强。它是一只别人送的小母鸡，我看它精神头十足，就放开它的缚足绳，让它在院子里自由来去。夜里它就睡在梨树上。刮风下雨，我就把它挪进屋子。它有点神经质，只要看到猫，就像鸟一样朝高处飞，一边飞一边咯咯乱叫，往往吓的不是猫而是我。它一双翅膀扇出的巨大声浪在我的小院子里经久不息。有一次它飞过围墙，落到围墙外的树丛里，消失不见了。

第二只鸡叫麻烦，是我们小区一位老板托门卫养在一处无人住的院子里的。它是众多笼养小鸡中的一只。我家有一只短腿细眼牛奶猫，叫杰克。杰克和它的兄弟姐妹三个被流浪猫妈妈遗弃在我后院的杂物堆里，后来被我统统收养了。杰克的绰号叫"搜救队队长"，家里要是哪只猫不见了，我就带着它出去找，一般都能找到被困在空房子里的猫，或者受伤躲在外面的猫。自从门卫养了一群小鸡，杰克不吃不喝，成天趴在鸡栏外面看，每天到傍晚才回家。它就这样把一群毛茸茸的小鸡一直看到长成大鸡。有时候我烧了好吃的太湖小杂鱼，要端到鸡栏那边请杰克吃。

有一天，老板要吃小母鸡，门卫就抓了一只，没想到小母鸡逃走了，而且逃到我家里耍赖不肯走。我想，它是认识杰克，心中早有打算，危险时刻来投奔我了。

于是我好说歹说，把这只鸡留下了。我给了老板一瓶红酒、一本我写的书，给了拎着菜刀到处找鸡的门卫两百块钱。我把这只小母鸡取名麻烦。它整天在小区里闲逛，一点也不麻烦我。过了几个月，在一个冬天的早上，死于我院子外面，身上无伤痕。当时天气也暖和，不会冻死，可能吃了什么不好的东西。中国人的小区里经常会有一些不好的东西，老鼠吃了死，狗猫吃了死，鸡鸭吃了死。这只机灵的母鸡就这样没了。

我养的第三只鸡叫麻花。2014年我一时兴起养了两只鸭子，叫大卡、小卡。大卡、小卡吃东西很挑嘴，常常剩下许多东西，浪费食物，所以我买了一只大母鸡，叫麻花。麻花长得结实又漂亮，一身亮光光的黄毛，站在那里像一只倒三角。它确实也起到了作用，大卡、小卡不吃的食物，它一股脑儿下肚。常常大卡、小卡吃完东西出了院子闲逛，它还在那里东一嘴西一嘴地啄食剩菜剩饭。它吃东西很慢，先要相看一下，偏过脑袋看过食物，然后再轻轻啄一下，再啄一下。有时候吃进嘴里又放回地上，再仔细看看决定是不是吃下去，不知道的人还以为它挑食呢。

大卡、小卡是两只生蛋的母鸭，平时团结一致对付麻花。但麻花有它的生存之道，母鸭看它不顺眼，会一口咬住它的脖子，把它的小脑袋朝地上碾压。它从来都采取一种臣服态度，不反抗，一动不动，让鸭子把它的脑袋压在地上。一会儿，鸭子放开它的脑袋，它站起来抖抖浑身的毛，用嘴巴左右理理羽毛，眼神淡定，神情从容，一迈步，仪态万千，仿佛刚才去洗手间化了个妆。

麻花喜欢家里的小猫，经常给小猫理身上的毛，清理脸上的污渍。它和狗的关系也挺好，它最喜欢那条叫白果的狗，常常追在白果的身后。白果停下来时，它会凑上前去关切地看着白果的脸。它和我的关系就更好了，它每次出去散步回来，看到我，嘴里就会发出一种类似吹口哨的声音，一声连一声，这是和我打招呼。我要回一声"好啦，看到你啦"，它才停止向我吹口哨。晚上它和鸭子睡在一起。

它可能太胖，生的蛋都会碎壳。对于生蛋这回事，它不太在意。它在意的是交际生活。后来，它出门闲逛后再也没回家。我有好些狗猫鸡出门闲逛后再也没回来。印象最深的是十多年前我收留的第一条流浪狗土根，当时它是被人遗弃在路边的一条小狗，身上生满癞疮。我见到它时，把正在吃的一只包子扔给了它。结果，等我三个小时后回到家，它在门口等着我了。我不知道它是怎么从路上找到我住的小区，又是怎样找到我住的这一幢房子。土根后来成了一条漂亮健康的大狗，成天咧开嘴笑。我喜欢它慷慨大方的性情。那时候我住的小区后面都是村庄，村里好多农家都养着狗。村里的狗就像小孩子一样，成群结队约好了在一起出门闲逛，它们经常来叫土根一起出去。土根总是会让它们先吃掉它盆里的食物，然后大家一阵风一样地跑了。有一次，我看着它的背影在一群狗中间忽隐忽现，就这次，永别了。闲逛的危险是不言而喻的。有些话，大家谁都不愿意公开说破，但私下会有流言传来传去。我也听到了。我住的是一个僻静的地方，后来涌入大量外来务工人员，他们参与建设，但也带来了不安定的因素。

我养的第四只鸡叫麻饼。这是一只传奇的母鸡。

我经常上菜场，菜场里有众生百相。有一位外地小伙子，承包了一个小型养鸡场，他经常在路边卖鸡。有一年，我又看到他了，他在路边卖鸡。他突然变胖了。我就上前和他说话。他结婚了，有了孩子。他说，怎么会不胖呢？刚来时啥都没有，现在啥都不缺。我看他只剩下最后一只鸡了。那是一只老母鸡，脚上系着一根长绳子，它跑到了马路中间，在摩托车和自行车、三轮车的空隙里踱着步，神情自若。胜似闲庭信步，说的就是这种状况吧？

于是我就买下了小伙子最后一只鸡。五十块钱一斤，两百多块钱。回去给它按照麻字辈胡乱起个名字叫"麻饼"，觉得它的黄毛配上黑色麻点，像一块麻饼。没想到这个颇有喜剧感的名字很配它。

首先它不高兴睡在外面，夜里它要进屋子睡，霸占了小猫的一只窝。白天它一般在外面，但是下雨了，它要进屋躲雨。如果我关着门，它就拼命啄门，一直到我开门为止。进了门，它也要积极参与屋内狂欢，与狗猫们打成一团，在狗猫身上跳来跳去，还要与狗猫们抢东西吃。家里发生了任何事，不管是人还是狗猫之间，它总是及时地过来看热闹。

它下蛋，基本上一天一只。但是我要吃到它下的蛋，必须去别家找。它把蛋下到小区里另一家的院子里，这家还没有入住，里面荒草萋萋。它就躲在荒草里下蛋。后来白天就不回家了，总是我到傍晚时分，跑到那家，朝一院子的杂草喊一声，麻饼，还不回家？

我喊完一声就走，不用喊第二声。因为我话音刚落，草里就站起一只鸡，跟在我后面乖乖回家。

其实它不是爱这家人家院子里的荒草，它是爱上隔壁人家家里的一只公鸡了。但碍于一堵围墙隔着，它只能每天到这里蹲着，听着隔壁围墙里公鸡的声音。那公鸡长得很漂亮，有一大群更漂亮的妻。麻饼长得不好看，毛色黯淡，羽毛松弛。有时候我对麻饼的痴情也暗自好笑，也不看自己长得什么样。

它的结局也不好。2017 年夏天我出差，它夜里没有及时回家，就没有了。鸡在夜里是看不清东西的，碰到危险毫无反抗能力。这和鸭子不一样。鸭子在夜里受到打扰，那嗓门喊起来比狗还惊心动魄。

第五只鸡是今年六月中旬，我过生日那天，去菜场见到的。确切地讲，是在菜场外面的自由市场一位老爷爷的竹篮子里见到的。今年的天气热得早，那天已经很热了。老爷爷说，只有这只母鸡没人买，快中午了，更没人要了。我看看这只母鸡，不是小母鸡，也不是老母鸡，长得一般，是中下姿色。此时它在篮子里又热又渴，喘个不停，还时不时地闭上眼睛，看样子很难受。老爷爷说，二十五块钱一斤。

一秤正好两斤。老爷爷把它放在塑料袋里让我提着走。我没走几步，老爷爷追上来说，你把它的头弄进塑料袋里了，这样要闷死的。原来鸡的脑袋缩进袋子里了。我索性把它拿出来提着。看老爷爷这么慈悲，我就对他说，我买它回去，不是杀了吃的，是养着的。老爷爷一听很高兴，说，养着好，过一阵子它就下蛋了。

回去给它起了一个名字叫麻鸡。也是黄色毛，毛上全是黑麻点。它会翻白眼，但我一直搞不懂它翻白眼的意思。

今年四月份，我在院子外面捡到一只浑身黄胎毛的小鸭子，后脖子那里一大块皮没了。我放到家里养着，夜里给它打暖气，每天给它后脖子涂消炎药，让它吃新鲜的小鱼小虾，居然活了，还慢慢地长出了新脖子皮。我叫它豆包。虽说豆包长大了，但它没有玩伴，很孤单，老是想跟家里的小狗小猫玩，一看见小狗小猫打架就兴奋得不得了，上前参与其中。麻鸡是买回来给豆包做伴的。要问我为什么不给豆包再买一只鸭子当朋友。回答是一只鸭子的屎已经很多了，两只鸭子拉屎吃不消。大卡小卡后来送到朋友的乡下亲属家里，这家人家的边上有一个池塘。但很快就开始建设新农村，池塘不准放养鸭子。后来小卡死于网栏，大卡死于高温。

麻鸡落地就成了老大，豆包跟着它跑。只要看不到麻鸡，豆包就不依不饶地叫唤。但麻鸡对豆包无所谓，它一门心思放在我的身上，整天围着我转，四十度的天气，我走到哪它跟到哪，我上楼，它就在楼下叫我，把我闹得昏头涨脑。一个星期前它开始下蛋，它长得这么肥，下的蛋只有正常鸡蛋的一半那么大。它下蛋前大家都不得安生，它要四处找我，要我抱它进窝，找不到我就不下蛋。前些天它的脚扭伤了，我抱了抱它，它居然把头靠在我身上，眼一闭，幸福地睡了。

它很挑食，不肯吃粮食和蔬菜，爱吃猪肉，最爱的是咸味奶酪。但我觉得它的本分是从地里找虫子吃，所以尽量给它创造找虫子的机会。最典型的场景是，我抱起麻鸡到院子里，手一扬，它就像一只风筝一样飞落到蔬菜地里，豆包自然晃着身体赶紧去追它。鸭子的情绪比鸡稳定，也比鸡多一点发散性思维。鸡不如鸭子聪明，可是比鸭子有趣得多。

最近几天实在太热，我就买了一只大笼子放在屋里空调边上，让豆包和麻鸡睡在里面纳凉。豆包挺乖，但麻鸡坚决不肯和豆包睡在一起。如果强行把它俩关在一起，麻鸡就会暴怒。它暴怒起来能量惊人，跳、叫、咬笼子，一直到放它出来为止。

从我十几年养鸡的情况来说，鸡的智商越来越高了，也越来越难对付。麻鸡就是这样，它成天盯着我，嘴里说着各种我听不懂的音节，让我不知如何是好。

2022 年 7 月 20 日

山 高 水 远

　　我从小就喜欢做流浪的梦，跟着船队漫无边际地走。或者上了火车，一直驶向不知名的远方，夜里把脸贴在车窗玻璃上，怀着恐惧和敬畏注视车窗外面的黑色世界。

　　后来，我有了孩子，孩子会坐自行车的时候，吃过晚餐，我会把他放在自行车上，骑到火车站，听火车轰鸣着进站，又一声汽笛离去。每一辆火车都是我的朋友。我喜欢想象远方，虽然我不知远方有什么。我喜欢山高水远，虽然我不知山高水远的地方有什么。

　　再后来，孩子大了，去了远方。我也从来不曾到过我的"远方"，我一直在我的家乡，用心勾勒我的远方。

　　过了不惑之年，有一天，我搬离了市中心，在远离城市的地方购置了住房，这是一个镇乡交界之处。对于我来说，是一个陌生的地方，在搬来住之前，我从没有到过这里。有一辆公交车经过这里，我坐着公交进城一趟，路上起码要花三个小时左右。这里也说着软软的吴方言，但用词与城里不一样。最有意思的是，当地人称城里为"苏州"，进城叫"去苏州"。镇上没有桶装矿泉水，没有管道煤气，没有狗粮猫粮，没有健身房，没有美容院，没有冰冻食品，没有我需要的某些品牌的女性用品。镇上有一家卫生院，一个只有两个人的邮局，一个江苏农业银行。大家不爱用布窗帘，即使是别墅，家里也不装布窗帘，从别墅边走来走去的人，都看得见家里人在干什么。说话和做事都慢，经常断电，最高纪录是一天断了十多次电，但大家无所谓。只有我为了一天断十多次电这种小事火冒三丈。

为了买猫粮和购置一些日用品，我需要进城。我回来的时候，熟悉的人会与我打招呼，去苏州啊？

是啊，我是去苏州了。我恍惚间，有点山高水远的感觉了，也有点明白搬离闹市的动机，陌生安静的地方，有远方的感觉吧。我小时候坐火车时看着外面的黑夜里，是不是就有这么一块陌生的地方召唤我？

从此没有再进过美容院，任凭皮肤风吹日晒。我的头发我做主，太长了，把头发反过来披散在脸前，顺着半圆形一刀剪下来，也算是精干的短发了。

坐公交车的日子碰到许多有趣的事。有一次，冬夜，我坐着四面漏风、到处咣咣乱响的公交车经过火化场，车里还有几个与我一样沉默的人。火化场这一站只有一个瘦小的男人下车，我们都看见他下了车。但驾驶员久久不开车。我们就说，开吧，人早下了。驾驶员说，我眼睛一直盯着监视屏，没有看见有人下车啊。是不是见鬼了啊？他猛地发动了汽车，疯一般地在空无一物的路上开着。

这里的老人大多不识字，只要公交车来，便胡乱地上。有一次，三位老太太上来了，肩挑手提，全是蔬菜。车子开了一会儿，她们发现路途不对，一哄而上围住驾驶员，问，你想把我们朝什么地方开？驾驶员也不着急，慢悠悠地问，你们想坐几路车？她们说某某路车。驾驶员说，这不是某某路车。三位老太便喊起来，停车停车。驾驶员说，好吧，马上就到站了，到站了你们就下车吧。

除了有趣好玩的，还有温暖励志的故事。七年前，我刚在这里坐公交车时，我发现本地人并不敬老，年轻力壮的男人女人都不给年老体衰的老者让座。可能的原因是公交车班次太少，乘车的人大多是长时间的路途。我遵循着"苏州"人的习惯，给老人们让座，有时候，我劝说青壮年给老人们让座。我热心地做着这件事，发现情况并没有好转，心里十分沮丧。有一次，我一上车，就有一位奶奶在后面招呼我过去坐，她让她的孙子给我坐。这天我正病着，就过去坐了。过了一站路，有一位孕妇上车了，奶奶又站起来招呼孕妇，让给她坐了。然后，奶奶对我说，你以前让过我座位，我现在让你们。也许我是病着，一听她的话，脆弱得不行，眼泪都快掉下来了……

小区的西边是一条没有路灯的小路，路边是一片稻田。小区北边紧挨着一大片菜地，菜地边是一条小土路，小土路边是一个村庄，村庄里有小河、庙、狗、摩托车。小区南边是低洼的水泊，以前应是一条不小的河，岁月变更，它成了一个边缘模糊、水底起伏不平的小水洼。没有水的地方很快长了茅草、蒿草、水芹、野荠菜、野薄荷、红蓼、菖蒲、鬼针草……然后有许多人家在这里开荒，种上了蔬菜瓜果，一小池一小池的，精致而用心地种着，就如绣花一样。我在这里欣赏完野草野菜，再欣赏蔬菜瓜果。叫不出名的鸟儿从头顶飞过，去觅食或寻友。江南多雨，春夏秋三季，每次下雨，不论积水多寡，这片生机勃勃的低洼地便会奏响蛙鸣大合唱。那时候，所有的夜晚都是宁静的，它们在寂静的夜里纵情叫喊，叫声如鼓。每当我在熟睡中被它们叫醒，不知身在何处，但内心是安宁的，遗憾不能认识它们。

夜里，常有做夜班的打工妹打工仔从我屋边走过，他们经常说说笑笑，有时候会唱着歌走过，有时候会哭泣着走过。每次我被他们吵醒，不知身在何处，但内心是安宁的，遗憾不能认识他们。

到了这里，我没有什么可着急的。我像当地人一样，夜里也不用窗帘了。只有"苏州"城里人，才会用窗帘把自己遮得密不透风。白天，我泡一杯茶，坐在屋外，看天上的云，看群飞的或孤飞的鸟，看着看着，心随之飘荡，不知身在何处，但内心是安宁的，遗憾不能认识它们。

我首先认识了游荡在这里的野猫野狗，为生存努力的它们，比宠物们更有智慧，更善于表达感情。我是被它们感动了才去收留它们中的老弱病残，我救它们，它们也救我。我对许多人说过，我会写它们，把它们写成一部小说。

然后我认识了许多野草野菜。我开始整理我的院子，土地珍贵，我没有把院子用各种石头填没，它现在看上去一片杂乱，可绝对不是荒芜。鸭跖草看上去是一位妆容精致的小妇人，我总是因为它们的小蓝花而舍不得拔掉它们。龙葵容易生长，它个子高挑，引人注目，挂着一身圆圆的碧青珠子，我总是为了它们那娇嫩可爱的满身珠子而不舍得拔掉它们。车前草长得到处都是，身材短粗，脚跟坚实有力，是个不折不扣的农夫。灰灰菜是小家碧玉。土参如皇后一样高贵。奶浆草是野菜里的胖妞，泽漆长得与它有点像，也是身体里一包浆液，而且它们经常会长在一起，但奶浆草可以吃，泽漆的体液有毒。苍耳子的果实毛茸茸的一身刺，是个顽皮孩子。马兰头的小蓝花使它有点小资情调。小蓟满身是嫩柔的刺，我好像从未见过它们开花，应当是青春期的男孩。野芹菜开小小的黄花，配上它妙曼的样子，说它是少女没人会反对。酢浆草也是开小黄花的，可是它们与野芹菜的样子不一样，它们乱糟糟地长成一大堆，生命力顽强，怎么看也是乡村憨姑娘。荨麻的叶子与众不同，手感和形状都像桑叶……它们与我为邻，是我渐渐认识的朋友，拔掉它们，让我很心疼。所幸野草拔不净，春风吹又生。我不用除草剂，除草剂让土地板结如铁，让许多野菜野草断子绝孙。如果我要写小狗小猫，我也一定要写它们。

我要种蔬菜了。几年下来，我认识的蔬菜有一大堆，甜菜、韭菜、蕹菜、辣椒、番茄、丝瓜、豆角、莴苣、香菜、菠菜……你也认识它们，可我与你不同，我熟知它们的特性，它们爱干燥还是爱潮湿，爱阴凉还是爱阳光，爱肥料还是爱寡淡……我如果要写野菜野草，我一定也要写它们。

不能没有树。我一住进来就种了一棵姿态漂亮的大丁香，每年四月，它开一树洁白的花，就是在夜里也明亮得晃眼。它还是鸟儿们的游乐场。丁香树过后，我种了玉兰、蜡梅、红枫、紫薇、杨梅、龙枣、冬枣、白枣、白沙枇杷、青种枇杷、牛奶柿、扁柿、金橘、柚子、橙子、梨、苹果、樱桃、水蜜桃……我知道树能感知人的情绪，或者说，它们能神奇地听懂人的语言。有一棵橘子树，第一年结果，皮厚肉酸，一肚子籽。第二年还是。我就威胁它说，你再这样结子，我明年就把你挖掉。结果，第三年，它结的果子皮薄肉甜，肉里没有籽。这样的事情发生不少，你就觉得理所当然，然后你就与它们成为一体。我有一次与朋友谈起这些事，有一位也种树的朋友肯定地说，树，肯定听得懂人的语言。我要是写菜们，一定也写树们。

听得懂我的语言的，还有鸡鸭们，鸡叫麻花，鸭子一只叫大卡，一只叫小卡。麻花睡觉睡在栏杆上，来去自由，回不回窝下蛋，全凭它当时的想法。大卡与小卡，一年三百六十天，天天下蛋，不过有时候我也得找它们的蛋，它们喜欢在外闲逛。我对它们发火责骂，它们会吓得逃远。

我还认识一条青虫，这条青虫长得很大了，吃葡萄的叶子，我捉住它，它对我吐红色的小舌头。它头上还长了一只青角，样子凶恶，但我知道它是虚张声势，它要保命。所以我就放了它，扔到与葡萄树一墙之隔的绿化带里。第二天，我在葡萄树上又看见它了，它夜里翻山越岭地回来了。我已认识它，但我不能让它在这里，这次我把它流放到远处的树林里……三年前的事了，我还惦记它的样子。

有一次夜里我回家，看见金花对着外墙吼，我打开手电筒一看，是一只刺猬偷吃猫粮，它站在猫粮盆子里，脸朝着墙，双手向上就像投降，肚皮贴在墙上。它也知道用这种方式保护自己。我后来见过它几次，它不怕我，我在院子里散步的时候，它在路边的落叶里窜来窜去，故意弄得动静很大。

我的院子里鸟儿很多，最多的是麻雀、野鸽子和乌鸦。它们吃狗猫鸡鸭的东西，它们成群结队，互相招呼，吃得一个个滚瓜溜圆。我觉得它们可能已经编了一首鸟歌唱起来：有一个老太婆，心肠真不错。她家东西多，我们去啄啄……

    我认识了这么多东西，当然我也从此认识了我自己。我认识了自己，从此有了关于吴郭城和花码头镇的系列故事。此篇小文，谈的是我七年来的生活状态，风花雪月，喜怒哀乐，处处文学。

    山高水远，好作书斋。但远方是什么？所有的远方都是一个井吧？我在井里观天，井里或者就是远方？

2015 年 3 月 6 日

抬头看一看

两年前，新冠肺炎袭来，不能出去到处走动，只能待在家里。这样就多了许多时间用来制造闲情逸致，夜里也会常常抬头观望星空。

中国的成语里有无数动物存在，研究成语里的动物行为，可以探知中国人对世界的看法。在这些成语动物里，我最喜欢的是一只青蛙，就是成语"坐井观天"里的那只青蛙。我的人生里充满了一口又一口的井，很多时候，我就像那只青蛙一样坐在井里观天，对看到的一小片天空展开想象。

因为疫情期人类活动的减少，天空一下子变得无比清朗，夜里抬头看一看，看得见天上的星星。和我小时候的星空相比，现在的星星没有那么多、那么亮，但总算能见到不少星星了。

看见星星清亮的脸，仿佛看到了真理——这是我为星星们写的一句诗，没啥意思，就是高兴。

然后，出于一份来自童年的好奇，我开始了解宇宙，了解人类对外太空的探索。

那一段时间，我的脑子里充塞着宇宙名词：黑洞、暗物质、宇宙线、宇宙裂缝、斐波那契数列、黎曼猜想……

我知道了宇宙的一些基本知识：现代宇宙学是建立在

爱因斯坦的广义相对论基础上，而广义相对论是由黎曼猜想得来的……雷纳证实了引力波的存在，原子弹则证明了爱因斯坦理论付诸实践的巨大威力……霍金论证了粒子能逃出黑洞，所以黑洞最终可能坍塌……利用宇宙线可以求得某一颗中子星的质量……太阳系的边缘可能存在着第九颗类地行星……

　　脑子放空一会儿，低头看一看我种的菜。萝卜叶子被虫蛀成网状，韭菜长得细弱无力。在田里撒了一包茴香籽，只长出三四棵茴香。后来又补种了一种本地人叫"广东菜"的绿叶蔬菜。这种绿叶蔬菜类似小白菜，但比小白菜大多了，四下里横着长，把一块田撑得满满的。毛茸茸的几棵茴香就从"广东菜"的缝隙里探出身体。还有自个儿长出来的第二茬凤仙花，十月份开了花，现在花落了，却还是枝叶茂盛。菠菜、荠菜、青菜、诸葛菜……诸葛菜到了早春二月开淡紫色的小花，就叫"二月兰"。"二月兰"让我想起谢芳在《早春二月》里的样子，穿着蓝色阴丹士林布旗袍，扎着大辫子，脸颊被早春的冷风吹成淡紫色……

　　星星们看着都是冷色调，要么蓝，要么白，有时候有点淡紫色，但绝不会呈现暖色调，像我栅栏边年年长出来的黄色野菊花，或者像我种的金橘、橙子、橘子、红心柚子，它们现在熟透了，呈现出热烈的暖色调。

　　俗话说眼见为实，但这句话对科学家、对宇宙里的东西并不适用。譬如，一位宇宙学家扬扬得意地说，我们可以确定暗物质是存在的，但它到底是什么，我们还无法确定。科学家们正努力确定暗物质的身份。

就是说，有一样东西，没有人见过，但它是存在的。

当我这个号称作家的人闻言大惊失色的时候，科学家们已经在研究暗物质相遇时，是彼此吸引还是直接穿过。

——放到小说里，等于是一只受精卵向子宫描述它将来孩子的长相。

至少我的小说从来没有这种狂放的质地。科学家们真的很狂放。

譬如，又一位宇宙学家充满诗意地说，宇宙终要毁灭。我们无法得知最后一颗恒星的名字，但我们知道最后一颗恒星一定是红矮星。这颗最后的红矮星死亡后，宇宙就会陷入黑暗。没有光，没有生命，没有意义……

清冷白亮的星星，有可能是一颗燃烧着红色之火的物体。

仰望星空，探索宇宙之谜，让我感到无比沮丧。沮丧的是，正当作家们为着一句话、一个词、一个字寻找来历，寻求合理性、逻辑性时，科学家们早已越过这道坎，进行想象后的想象了。就是说，作家还在描述受精卵是不是男女爱情的产物时，科学家们已经在展示受精卵将来孩子的模样，和孩子的孩子的模样……而且，科学家们可能会在将来某一天宣布，人类所有的孩子都不再需要子宫孕育，只要男女双方向有关单位打个报告，把精子和卵子放在家里某个器皿中即可孕育婴儿，甚至是夫妻双方的一片指甲就行了。爱情归爱情，孕育归孕育，彻底解放人类孕育生命的桎梏。

作为女性，我想我会很欢迎这种全新的、解放妇女的孕育方式。

作为作家，我在写男女爱情时，重心又该向何处倾斜？他们的爱情和现在有什么样的不同？我想来想去，不同之处可能不是一只戒指，而是一只漂亮的器皿。现代的情侣含情脉脉地一起去选戒指，而未来的情侣含情脉脉地一起去选一只育婴瓶。这两样东西的意义是一样的。

现在的作家写人与人、人与自然的关系，未来的作家可能着重写人与非人的关系。譬如家里那只育婴瓶，它承载着男女主人对未来的期望。这只瓶子如此重要，以至于科学让它具有了人的情感——对，它实际上是一个小机器人，一个具有人类行为特征的东西，但它是非人。

作家，喂，作家，你准备好了吗？

我得承认，相比文学裹足不前，科学在不断发展。其中重要的原因是，科学除了不断地证明它的正确之外，还能证明它的错误。譬如"地心学说"，曾经风行一时，但后来科学证明它是错误的。譬如伟大的托勒密，建成了宇宙模型，后来也被证明是错误的。即使错误，不遮其伟大。这就是科学的特点。

文学没有。文学没有错误之说，只有过时之说。文学也没有一个统一的标准用以衡量它的正确。所以文学是一种不能求证其正确和错误的人类活动。这个特点造成文学门槛很低，只要识字，都可以"搞文学"。

"搞文学"搞到最后，就会搞成貌似高级的样子，要证明某一句话、某个词、某个字的合理、正确、逻辑、镜像等等。科学变成了超级兔子，文学还是一只慢吞吞的老乌龟，要证明它走的每一步是否合乎规范和逻辑，因为它已经没有什么好证明的。

那只超级兔子疯狂乱跑，走着一条不像路的路，但它所经之处，后来全都成了路。这得归功于数学，科学家们用数学公式得到真相或正在接近真相。全世界有六千种语言，却只有一种数学。数学是最接近真相的东西。

那文学呢？文学靠什么接近真相？我们今天的文学还是依靠着传统的方式，以实践为文学的基础，要接地气，要体验生活。只有接近生活的文学才能无限地接近真相。

但未来的声音在告诉我们：接近真相未必只有靠近生活这一条路。我们或许还有另一条路：想象。

想象力是文学中最有价值的一部分，从以往的文学经验来看，那些超前的想象力，会对人类生活产生积极的影响。那么在今天，文学中那些超前的想象力，有没有可能参与建设人类的未来世界？

人类改变世界靠的是逻辑，逻辑产生了所有改变世界的物件。但在逻辑之前，是人类海阔天空无边无际的想象。当人类进入外太空时代，文学的位置是在逻辑之前，还是在逻辑之后？或者文学就像那些科学一样，不断论证文学想象力的合理性，打通现在和未来的隔阂。

当然，科学家打通的是物性，文学家打通的还是人性。

所以，文学要求的真相到底是什么？是情感，人类情感的真相。当科学探索宇宙的极限时，文学必须要探索人类情感的极限。

科学已经证明到宇宙终将毁灭，而文学永远不能证明情感会消失。相反，文学会拓宽人类情感的边界。至少，它在记录着、见证着地球人越来越纷繁复杂、丰富多样的情感世界。这就是小说的现代性，也是它的终极意义。

布尔逻辑产生了计算机，从此人类的科学创造统统归于数学。值得庆幸的是，人类的情感方式没有定式。这样，文学就永远存在着生命力。如果文学可以用数学来计算、概括、预测，那文学也就真正走到头了。

于是又产生一个问题：人类现有的逻辑对文学真的重要吗？

还有，文学能产生计算能力吗？这个问题看来是不具备现代逻辑性的。但逻辑也并不是都可靠的。也许有一天，文学也具有了计算能力，它能把人类的情感数据化。到那一天，我们这些写小说的人将如何处世？我们是不是只剩下语言了？

当科学这只疯兔子跑得无影无踪，跨过了某个视界，跑过柯伊伯带，跑到了银河系外，进入了熵和引力生死角力的现场……我们作家的想象力又放在哪里？我们如何用想象力来接近真相？科学的想象依靠数学计算，文学的想象靠什么？

还是靠生活？换一个思路——也许可以靠科学。

用科学来装备文学的想象，这样是不是更好？

是的。譬如说，暗物质，这玩意儿没人见过其真面目，但科学家们已用数学计算、实验室论证其真实存在，那么文学何不顺水推舟承认？这种承认对文学有莫大的好处。从古至今，文学作品里写鬼神的不在少数，但也只是写写而已，类似于民间所说的"说鬼话""鬼话连篇"。写的人底气不足，看的人一笑了之。如今有了"暗物质"学说加持，文学中的"鬼话连篇"就有了科学的依据。鬼，可能就是人死后变成的一种暗物质。那么，文学中的"鬼"不用再名不正言不顺，不用再扭捏羞涩。我们可以大大方方地插上科学的翅膀，在想象的广阔天地里自由翱翔。写的人底气十足，看的人肃然起敬。

我这么说，是不是有点底气不足？文学真的到了需要依靠别的学科才能生存吗？是的。但可以换一个词，不用"依靠"而用"跨界"。"跨界"是近几年在文坛上流行的一个词，这是一个面向未来的词。文坛上那些有识之士，倾听了未来的声音，果断地提出要"跨界"。实则，科学的幻想已超过文学，科学的浪漫也已经超过文学，甚至，科学的娱乐精神也超过了文学。

但文学曾经辉煌过的，阔气过的。这种辉煌和阔气深深地烙在每一个写作人的心头。就说《西游记》吧，孙大圣上天入地可是在 16 世纪。朝小里说，孙大圣给现实生活的人们带来快乐和力量；朝大里说，孙大圣绝对激发了人类建设未来的灵感。

今天的作家如果要写一部《西游记》，取的经会在外太空吗？

有一次，我在电视里看到一位科学家站在悬崖峭壁之上，面对着茫茫大海，意气风发地说，地球总有一天要毁灭。但这里曾经孕育过伟大的人类，存在过科学、文学、艺术……

科学后面就是文学。我为文学而骄傲，哪怕它是一只慢吞吞的老乌龟。我也为我感到骄傲，哪怕我是井底之蛙。

我这个井底之蛙总在思考：文学有何意义？文学对未来会有多少影响？小说现有的写作流程、写作观念是否具备了通向未来之路的特性？

科学的发展不是为了毁灭，而是为了探索宇宙的秘密。宇宙终究会毁灭，科学代表人类曾有过的智慧。文学呢，我觉得文学应该代表人类曾有过的价值观和温度。

有一天地球毁灭了，它曾经有一个居住者，一位中年女作家，冥思苦想写作的意义。这种既浩大又渺小的思考使她感到作为人的意义。——或者，仅仅是对未来的焦虑。所有的焦虑，一旦与未来有关，那也是有意义的。

以上是一篇不成熟的小文章，仅充创作谈。只证明我思考了，不证明我正确了。

完成于 2021 年 12 月 21 日苏州浦庄

沃 土 变

天刚黑，农家的灶头做饭烧稻草，小风中刮过来一阵阵焚烧干稻草的香味，这是此地傍晚特有的味道，每次闻到这香味，对于生的爱恋便又增加几分。于是忽然起念，要去外面看看月亮底下的风是什么样儿的。

关上门，走出院子，回头看一眼院中的花、树和菜。半生搬家二十多次，唯有在这里是住得最久的，再有三个月就是整十年了。十年的缓慢生活是一笔财富，漫长清静的日常生活收获颇多，给了我生命感动的，就有小院中的这一小块土地。当初没有用水泥浇掉它，是出于禾锄种植的考虑。近十年的时间证明，这种考虑是对的。

其实院子里的土，并不适合种植了。

苏州位于以太湖为中心的浅碟形平原的底部，我住的西南，位置略高，有太湖万顷，群峰连绵。沃野良田，属于高产水稻土，水边是沼泽土，丘陵地带是黄棕色森林土。

我住的这个小区，原本也是肥沃的农田，前面是小镇，后面是村庄。十多年前批给了房地产开发商，便成了这一带第一个"高档"小区。房子造好，开发商在院子里倒上建筑垃圾，这些建筑垃圾主要是石块、水泥、木块，平整以后，在建筑垃圾上面覆上一层薄薄的土。我搬来时，院子里杂草丛生，遍地小石块。我除去杂草，捡掉土里的小石块，撒下蔬菜的种子。最先种的是青菜、丝瓜、南瓜、韭菜。第一年，烧了些草木灰，浸了些豆饼肥，蔬菜们居然也肥壮。

然后开始种花。买花苗要坐公交车进城。从我家里步行五六分钟，有一座小桥，桥下流着碧清的水，听当地人说，这条小河通向太湖。小桥边有一个公交车站，所谓的车站，就是一根铁管子竖着，上面插了一面站牌。来来往往，就是一路车，下午五点钟，这路车就不再运行。挑着筐子、提着篮子、背着蛇皮袋子的阿爹、阿婆也在这里上车，交三块钱，坐一个多小时，到城里某个熟悉的菜场周围下车，筐子、篮子、袋子里的蔬菜、水果、鸡鸭，在这里能卖个好价钱。我也在这里下车，然后再换乘另外一路公交车，来到花木市场，选了当令的花苗，塑料袋里拎着，再去坐公交车，倒来倒去，一般坐到家里也是末班车了。

坐公交车的岁月里，我碰到过一位与众不同的司机。他会扔下满车的乘客，去盒饭店里排队买盒饭。开车时，突然唱起歌，在座位上浑身扭动起来。我也只当他是个好笑的人。直到有一天，一位挑着菜篮子的老阿婆，在车下仰脸问他，师傅，这是几路车？这司机跳起来大骂不休，我才知道他不仅是个好笑的人，还是一个可笑的人。于是就站起来，说了几句让他气恼的话，大意是老阿婆土里刨食辛苦了一辈子，年老力衰又不识字，问你一句，你就这么骂？你不是娘养出来的？……好吧，有一天我一个人候车，公交车停下，恰好就是这个司机，我刚上车还没站稳，他猛然发动车子冲了出去，我踉跄之际，他突然猛踩刹车，如他所愿，我跌倒在地。这个报复事件让我的骶骨留下了永久的伤痛，阴雨天或者劳累时，如约而至的难耐疼痛总是让我哭笑不得，提醒我不要多管闲事。如果实在要多管闲事，也要避其锋芒，讲究一点策略。但我不后悔当时没有去他的车队反映，去的话，也许他的工作不保，事关他的谋生，我只能谨慎从事。

在种花的时候，我就发现了土的问题。面上这一层土，不肥。肥的是被层层建筑垃圾覆盖下的泥土，要看到这层土不容易，必须刨掉上面一层的垃圾才行。这些垃圾真是五花八门啊！我记得我第一次刨垃圾的时候，刨出了塑料袋、蛇皮袋、水泥块、烂木头、烂布、脸盆大的两块石块。我就像一个考古工作者，但我的目的不是找文物，而是找泥土。我第一次挖到垃圾下面肥沃的泥土时，额头上的汗珠已如黄豆那么大，它们掉在泥土里几乎是有回声的。

这是一场旷日持久的战斗，到现在我也没有打赢。院子里刨出无数的大石块，但是石头们也许会生出新的石头，这情形颇像我写作时遇到的障碍。到我开始种树时，我便决定不再刨大石块，而在石块中间的土里种上树苗。这样种植一点也不妨碍树们稳稳地扎根、生须、抽叶、开花和结果。

走出我的小院子，我便不再想看月亮下的风，因为这一天是农历初五，半个上弦月已经落在了西边的天幕上。于是，便信步沿街而去。

小区的大门外，十年前过来，一条小土路，路上没有路灯，有月光的日子里，一地的月亮光，照彻小路，可以在月光下轻快地步行、哼歌，跳舞也行。土路的另一边，是一大片稻田，我是为了这片稻田来的。刚搬来的时候，每当夕阳西下，我就站在二楼的西阳台，迷醉地看夕阳，看这片稻田。当稻谷变成一片金灿灿的时候，吹过来的风带着米香。一粒不起眼的稻种，从出苗到育秧、插栽、抽穗开花、结谷成熟，从满田翡翠到满目黄金，一天天看过来，生命的痕迹印在眼瞳里，生命的灿烂冲淡内心的浮躁和孤单。

现在这里已经变成又一个小区了，你根本不会想到，一幢幢楼房下面，也曾稻谷飘香。然后边上修起了一条宽宽的水泥路。我对水泥没有好感，它是不透气的，不会冷暖调节的，是简单粗暴的。但我也记得一位年轻的爷爷，马路修好，路灯大放光明的时刻，他带着一个孙子和一个孙女儿在马路上跑着笑着，孙女儿吊着他的后颈，趴在他的背上，孙子坐在一只竹筐里，他双手背在后腰，反手提着竹筐。祖孙三人不再顾忌土路的崎岖、泥土的黏脚，也没有扑面的灰尘和绊人的土坷垃，他们放开心怀，快乐无边。任何人听了他们的笑声都不会无动于衷。事物就是这么矛盾，同一样事物，有人喜欢有人厌。

我现在要朝南走。往南去，是小镇。往北，是村庄。村庄在夜幕里静悄悄地叹息，我喜欢聆听它深夜的呓语，这些自然形成的小村庄仿佛是活着的，是不朽的。

路边整齐划一的绿化带里，长出几根芦苇、扫帚菜和割人藤，提醒我们这条路昨天的历史。

朝南三百米，是一座小桥，小桥下面的河通着太湖，夜里河水便涨满。时不时有小船驶过，载着太湖里的鱼虾到镇子里去。桥上有一个公交车站，什么也没有，只有一根铁管子，上面插了一面站牌，现在的公交车站很漂亮了，就像城里的一样。公交车站后面，也是高楼耸立，豪华小区，小区边上饭店一家连着一家。上回我在这里等车，听得两位农妇扯家常，喜笑颜开，说做梦也没想到这里变得像城里一样。听到她们的谈话，我很惶恐，知识分子为什么不能与普通百姓一条心呢？他们喜欢的，往往是我们不喜欢的。我很乐意看到历史来证明谁对谁错，但更有可能的是，没有对错，变化才是永恒的王道。

是的，我更喜欢十年前来到这里的光景，至少三年前，公交车站的后面还不是豪华小区，一大片农田连着西边的大道。农民们把这种田地叫作"野田"，是河边的沼泽土，野草芦苇丛生，脚也插不进，有心的勤俭之人便一寸一寸地开荒，向纵深处蚕食，谁开荒便是谁管着，吃这田里长出的东西。这种田地不是好田，贫瘠，怕下雨，怕干旱。勤快的人开发了它，日夜劳作，施肥、浇水、整土，一般两三年光景，生土变成了熟土，贫土变成沃土。拢成一方方的小地，整整齐齐，春夏秋冬，每一季都葱茏。候车有时候要半个小时，我就尽情欣赏身后的菜园子，除了欣赏菜地里种的慈姑、茭白、芋头、青菜、韭菜、豆角一类，顺带着也欣赏田里飞舞的蝴蝶、蜻蜓，蹦蹦跳跳的青蛙和癞蛤蟆，憩脚的白鹭。我最爱的是这片田地里有两座无法开垦的小山丘，遗世独立，上面长满了树，傍晚，各式鸟儿落满树丛，呼朋唤友，鼓噪不已，不知道为什么，突然就安静下来，一声也不吭了。那时候鸟儿真多，叫声好听的与叫声不好听的，羽毛漂亮的与羽毛不漂亮的，体形大的与体形小的，全混在一起唱歌。

神秘的自然界，有土才有一切！

我们最该热爱的是泥土。泥土，包容一切！生长一切！成就一切！

离开小桥边上的公交车站，继续向前走，十年前空空荡荡的一条小街，现在大路朝天，灯火通明，从寥寥几家旧货收购、医药店和建筑材料小店，到现在的餐饮连锁店、美容院、鲜花店、宠物店……街两边停满私家汽车。十年前，不管什么季节，下午四点后，这里就少有人迹。现在，晚饭过后，连老奶奶都出来聚众跳广场舞。十年前，有一次我走在这条街上，看到一群人挖开路边的一层水泥安放下水管道，我看到层层泥土之下，将近一米深的地方，露出让人惊艳的浅黑色泥土，没有丝毫杂质，细腻松软，油亮光滑。一见之下，便无法放开目光，呆立欣赏半晌，不由得万般滋味，热泪泛起。世上最宝贵的是泥土，奈何泥土命运多舛。

从公交车站开始，继续朝南行走五百米，是一个大十字路口。十字路口朝西去四百米左右，是镇中学。前不久镇政府开放了中学的大操场，每天晚上在这里锻炼的人不下五六百人，操场外停满私家车。镇和乡里的中老年妇女们成群结队，在操场上快步行走。穿着吊带裙或超短裙的时尚女郎夹杂其中。打篮球的、踢足球的、打乒乓球的、跳广场舞的……孩子们玩溜溜球，爬障碍网，穿着旱冰鞋飞驶。好多狗也跟着主人过来玩，它们一碰到熟悉的狗就扔下主人，跑到场外的草地和马路边上去玩了。所以你经常会见到这样的情景：主人们在操场上欢聚，他们的狗在场外一群一群地寒暄。主人回去了，狗还在这里玩耍。如此轰轰烈烈的夜锻炼，我想全世界只有中国才有。但我感受最深的还不是人多，而是我发现这里的人语言习惯在悄悄地改变，有了鲜明的时代感。妇女们称孩子为"宝贝"，温馨又时尚。男孩向心仪的女孩直截了当地当众表白："我爱你!"卖鱼大叔用的微信名叫"查理九世"，而不是土根、金根、水根，他向世界表明的不是浮夸的野心，而是融入时代的决心。

从里到外，这个昔日的小乡镇越来越像个小城市了，对于大城市的模仿和学习，给人带来新一轮的文明思潮。

但我散步的习惯不是从十字路口朝西去，是朝东边去。东边一拐弯就是一座大桥，有两条路，一条通桥下，一条往桥上去。桥下有一所老人院，老人院边上有一块不小的河滩荒地，起码三亩。渐渐地被老人院里的工作人员开垦成良田，现在也成了一个小公园了，因为地势高低起伏，所以鲜有人在公园内逗留。

我向左拐个弯，上桥去。这座桥从这头到那头，桥体长两百米。桥南一大片地，成了这个镇最大的公园了，每到晚上热闹非凡。这里与镇中学的操场又不同，这里又时尚一些了，全是跳交谊舞的。远乡近邻，开着汽车和摩托过来，有些是来跳舞的，有些是来看热闹的。看热闹的人太多了，就里三层外三层的。有一次我挤在人堆里看热闹，一位本地口音的男士过来邀请我上去跳，我对他说我不会跳这个舞，等我学会了再与他跳吧。这位男士便不屑，奚落我说："你怎么连这个舞也不会。"

过后想起他的话，忍不住暗笑。说不定一年前这位男士全部的生活还是讨论种子和天气、收成之类，现在也学会了邀请陌生女士共舞一曲。

有时候我暗自思忖，改变就是发展，发展是必经之路，全世界都是一个道理。不同在于，发展过后怎么办？就如这位想跳舞的男士，他必须要在跳舞中寻找到自己的一些东西，譬如快乐、价值、意义。但是跳舞过后怎么办？他有没有寻找到他所要的？跳舞永久地改变了他的什么？他所代表的这群民众，把什么东西以一种隐秘的方式传给了下一代并影响了社会？

且走过，左拐弯上桥，再靠着左边的桥栏走下去，走到桥下坡那儿，我要在这里凭栏五六分钟，或者更长的时间。我看的不是桥下的河，这里没有河了，下面是小村落。桥下面的这一家，是个普通人家，破旧的三间小平房，有个小院子，院子里种着几棵花和两棵树。我站在这里的目的就是看院子里一棵大茶花树，这棵大茶花树有三米多高。行家看树不说高几米，而是说它的胸径有多少。恰好这棵树的胸径很好目测，它是一根独株，一半高的地方才有分株，它的胸径不会低于三十公分。它姿态雄劲，疏密有致，把一楼的窗户遮得严严实实，它更像是一棵大树而不是花。所以当它开满一树的大红茶花，显示出艳丽的本质时，我惊诧莫名。真的特别爱看它靠在夜里透着灯光的窗户上，花朵明暗不一，却都灼灼如火焰。

曾经无数次打主意，想把这棵树买回去放在自家的院子里日夜相对，却每次都打消念头。一怕人家不卖，二怕树移不活。五年前的一个夜晚，我像往常一样走去看树，却见树无踪影。我敢判断，这树是被主人高价卖了，那一阵子，大凡农家有好树好花，都会被人相中，高价买走。它流落何方？从此不知死活，空留下我对它的牵挂。

走到茶花树这里，便往回走了。走到桥的另一边，凭栏眺望。这里有河水，夜里远眺，河水看不真切，看的是灯光。白天我也会来，看的是一位农妇。

这位农妇不同寻常，我要装作若无其事地走过。即使伫立，也不便仔细打量她，而是左顾右盼。

好吧，她不同寻常的地方在于腿，她的双腿是断的，膝盖以下空空荡荡，用布一层一层地裹着，布的外面再用塑料纸加护。桥南边的一大片土地那时候是荒地，低洼不平，低处长着芦苇，高处长着杂树，也是有辛勤的人开垦，一点点地蚕食，荒地变成了熟田。她是其中的一员。我来得晚了，没有见过她怎样开垦，我见到她时，她总是匍匐在属于她的那两小块地上，拔草或者整土。她很安静，安静得溢出知足的幸福，让看到她的人也感到幸福和知足。她也很专注，不管桥上车轮怎样碾过，脚步怎样急促，她从不看别的，她只看她的土地。她的耳朵里连鸟儿的鸣叫声都留不住，她对土地的爱惜和痴迷，就像妈妈面对自己的可爱婴孩。她是安静的，却又是激越的。看到她，总能使我麻木的灵魂激荡起来，血液加快，脑子里锣鼓齐鸣。

我多次想给她照一张相，先是照相机，后来手机也能照相了，但我每次总是打消了念头。照相无非是想炫耀我的发现，她——这位断腿的农妇不可拿来炫耀，只可放在心里永久记挂。文字的纪念，或可对得起她。

桥南的一大片低洼之地，后来填上了一卡车一卡车的土，无数的土，填到与桥身一样高，上面种了各种树和花，造了亭子，铺了漂亮的石子路，就成了现在这个样子。晚上无数的人前来跳舞，有一位本地口音的男士来邀我一同跳起。

　　总是几家欢乐几家愁！正当我惦念这位无腿农妇时，巧了，我在镇子里碰到了她，她也是来逛街的，一手撑着一面小板凳，一面"走"，一面与碰到的熟人说话。我这次看清了她的脸，她眉目疏朗，带着淡淡的笑意。她不知道，她淡淡的笑容给了我多少力量。

　　站在桥上，回首往事，多想猛一回头，华灯齐暗，满地月光，满地树影，四处蟋蟀歌起，蛙鸣起，它们唱着不变的情歌……桥下阴影处，那位农妇在打理菜地。一街寂静，鸟儿在树上说梦话。

　　风却没有变，风中弥漫的是乡村的味道，米香和稻草香，唤醒我们遥远的记忆，温暖疲惫不堪的人们。

2017 年 12 月 29 日

永生的名字

——警察位洪明二三事

一

两个女儿想爸爸了。妈妈就给爸爸打电话。对话经常是这样的：

爸爸问：什么事？

妈妈一听爸爸的口气，只好这么问：你在忙吧？

爸爸回答：我在忙。

然后爸爸就挂了电话。

这是位洪明和他妻子常有的对话。一对年轻的父母，路正长，人生的美景无穷无尽地在后面展开，但现在正忙，没有时间陪伴妻女。除了不会浪漫，不会给妻子买鲜花和礼物外，他是个好丈夫、好爸爸。他的妻子常说，位洪明把她当最大的女儿，娇宠着她。

位洪明牺牲的前一天晚上，是在派出所里度过的。连续三十个小时没有下班，他对同事说，头有点晕，胸有点闷。他也只是说说而已，没有当真。二十五天工作在抗击疫情的一线，头晕胸闷是常事。同事让他回家休息。他说，疫情快结束了，我们熬到疫情结束。

他用了"熬"这个字。当时，全中国都在煎熬，他也不例外。不同的是，他没有熬到胜利的那一天。

第二天他正常上班，还是没有回家。这种加班加点、随时待命、夜以继日的状况对他来说是生活常态。

他有两个可爱的女儿，大的叫来来，小的叫往往。他的生活里，来来往往的是无休无止的案件和各色涉案人等。他倒下时，正在向浏河派出所副所长雷清源汇报一件涉疫网络诈骗案件。一位市民报案，他花了将近四十万元网购口罩，但是钱打过去了，对方杳无音信。位洪明帮他依法追回了三十多万元。雷清源说，他只听得一声，回头一看，位洪明不见了。救护车十分钟就到了，这十分钟里，同事们一直给他做着心肺复苏。他被抬上车的时候，战友们细致地观察到，他握着拳，手也煞白，但他那时是活着的，谁也没想到他突发心源性心脏病，一去不复回了。他生命的钟摆停在 2020 年 2 月 20 日下午 5 点 30 分，他没有熬到疫情结束。

战友情深，挥之不去的悲痛，无法言说的创伤，以至于市局请来了心理辅导医生，给派出所里的干警们进行心理辅导。

位洪明 2011 年来到太仓浏河镇派出所，在此生活了九年，娶妻生子，安家落户，建功立业。他从山东大地来，把他的身、把他的魂留在了娄东大地。

还有几个月，就是他与妻子结婚七周年的纪念日了。他妻子说，他认死理，一旦认定的事情，不会轻易改变。同时他是个好脾气、有教养的人，工作与生活分得很开，从不把工作上的情绪带回家里。结婚快七年了，都说七年之痒，他连这个机会都不给我。

枕边人的伤心话，他是永远听不到了。

不是他无情啊。

如果他没有倒下，他会拿上向同事借的奶粉，像往常一样回到家里。他的小女儿十九个月，要吃奶粉，他没有空去买，就跟同事先借。小女儿出生时，黄疸比较高，在医院放了一个星期，天天做光疗。他那时候压力很大，对同事说，他心里很慌。其实小女儿的病情并不严重，他的压力来自关爱心切。他回到家里，会给两个女儿烧饭烧菜，做女儿们喜欢吃的糖饼，讲故事。他曾答应带两个女儿去迪士尼乐园，答应了，却从来没有兑现。他太忙了，只能给女儿和妻子烧饭烧菜，用以弥补对家庭的愧疚。他去世后，需要他的照片进行宣传，他的妻子找来找去，一共找出五六张照片，没有更多的了。他没有时间放松下来拍照片。假设他"熬"过了这场疫情，可以想象，他一家四口去迪士尼乐园会何等的快乐，他的照片数量也会成倍成倍地增加。世界上有"假设"这个词，却无假设这回事。之所以要假设，全是不甘心的人想要时间倒流，想要《大话西游》里的月光宝盒。

他感到愧疚的还有他的父亲母亲。他是山东德州人，高中毕业以高分考进了甘肃政法大学。硕士研究生读的是中国人民公安大学。从高中毕业以后，他就远离父母和家乡，在异乡求学、工作。他的父母亲都是老实巴交的农民，祖祖辈辈都在地里讨生活，种着五亩地，抚养三个儿子。父亲读到了初中，母亲不识字。不识字的母亲吃苦耐劳，对子女要求严格，有着孔孟之乡的通达明理。他出事的上午，给他妈妈打了一个电话，问妈妈的身体情况。妈妈问他，你在上班吗？他回答，是的。于是妈妈就说，你好好上班吧。就挂了电话，不再让儿子分心。2020年1月4日，他和他的师父张大伟两家在一起聚会，他对师父张大伟说，今年无论如何要回老家一趟，回家过年。忙得两年没有回家乡了，父母亲还没有见过第二个孙女。他的妈妈患了淋巴癌，动了手术，除了经常寄钱贴补家用外，他还想尽人子更多的孝道。

但疫情来临。疫情就是命令，派出所的干警全都恪尽职守，他也不例外。

两个女儿特别爱笑，长得像他，一笑，眉眼弯弯的。当他一手搂着一个女儿，父女三人一齐笑起来的时候，会把乌云都笑跑，把坚冰都融化。

这是一个阳光大男孩。他像阳光一样温暖而多情。

他去世后，同事在他的抽屉里发现了一张明信片，是连云港灌南县新安镇中心小学二（5）班的一位女学生写来的，她感谢位洪明对她的资助。她不知道资助她的是什么人，等知道了已是天人两隔。他如果不去世，这件事就是一个永久的秘密。他经济并不富裕，为什么还会挤出钱资助贫困儿童？这种好事他到底做了有多少？

对于第一个问题，我们大致可以这样猜测：他也是贫困家庭走出来的，是读书改变了他的命运，是父母省吃俭用让他一路把书读了下去。推己及人，他把父母亲给他的爱回报给了别人，他要把自己寒窗之苦的动力传递给别的学子。对于第二个问题，没有人能知道。他是一个普通人，他和别人一样工作、生活，没有什么不同。每天，都有无数这样的普通人从我们的身边走过，也许就有位洪明一样的人夹杂在其中。

他的辖区内，有一位拾荒的老太太，从外地来到这里。年龄大，又没有文化，平时靠着拾荒维持生活。有一次，老太太偷拿了工地上的铁扣件。按律法，位洪明把她送进了拘留所。与他一起办理这个案子的是他的同事武玲玲，武玲玲也是2011年8月5日与他一起招聘到浏河派出所的警员。武玲玲说，她和位洪明一道把老太太送进拘留所里的。结了一件案子，她心里是高兴的。但她看到位洪明脸色阴沉，心情抑郁，和平时大不一样，心中不解，就问位洪明为什么不高兴。位洪明说，这位老太太头发白了，腰也驼了，看见她，就像看见了自己的妈妈。

后来，他一直关注、关心着这位老太太。

他是如何关注、关心这位老太太的？具体事例何在？武玲玲说，时间太长了，真的记不得了。那位老太太后来也回了家乡。是啊，忙忙碌碌的人生，谁会特意去记别人工作以外的事？没有从天而降的英雄，只有挺身而出的凡人。这样的事，在他的同事战友身上，也会有不少吧？他们也不会有意记下。如果不是牺牲，谁会知道位洪明这个普通民警？他会像所有这一类人一样，默默地践行着自己的理想，努力地生活、工作，然后退休，把自己的一生过得无怨无悔、有情有义。

从一位犯偷窃罪的老太太身上，他看到了自己妈妈的影子。普天之下，头发白了、腰驼了的苍老母亲，都是他想要抚慰、惦念的人啊。

他是个严正铁腕的执法人，同时他也是多情、柔软的人。

二

位洪明在世时就得到了诸多荣誉，连续三年荣获太仓市"优秀公务员"称号，是2019年的太仓市公安局"十佳爱岗敬业民警"。他因公殉职后，得到的荣誉更是数不胜数，计有：

全国公安系统二级英模

江苏省新冠肺炎疫情防控工作先进个人

江苏省最美抗疫先锋

荣登"江苏好人榜"

第二十四届"中国青年五四奖章"抗疫个人

苏州市优秀共产党员

苏州市十大杰出青年

……

2020年5月24日下午，我去了太仓市浏河镇派出所，位洪明生前工作九年的地方。正是广玉兰开花的季节，坚挺的树干上，绿叶纷披，硕大如碗的花洁白芬芳。更有荷花伫立水中，绿盖如罗，映日临风，素洁脱俗。这些雅致的花，都是英雄们的化身。

太仓位于苏州东南部，浏河镇位于太仓东部，长江的南岸，是江苏的东大门。与崇明岛隔江相望，与上海宝山、嘉定两区接壤，也是长江口的第二道门户。历史上，浏河是郑和七下西洋的始发地，海线上漕运的始发港。这是一个有文化、有故事的名镇。这个镇目前在打造高质量滨江田园城市。位洪明从中国人民公安大学硕士研究生毕业后，选择了这个美丽的地方。遗憾的是，他的妈妈每次来这个地方总是水土不服，发烧、呕吐。他是个孝子，却因为这个无法把父母亲接到自己身边尽孝。

到浏河镇派出所来当一个普通民警，是他的选择。他的同事们说，他有机会留在北京，也有机会去南京、去苏州执教，但他都没有去。这么高的学历，在浏河镇派出所当民警，一干就是九年。究其原因，有说他是热爱基层工作，喜欢与老百姓打交道；有说是北京、南京、苏州房价物价高，他无法承受大城市的生活，只能选择到基层来。他来浏河镇的那年，这里的房价是八千左右。他也实现了三年买车、五年买房的生活规划。而在北京、南京、苏州，出身寒门的他，学业再优秀，也不可能实现这样的规划。

这两种原因，都是可信的，都是成立的，相互也不矛盾。英雄也是凡人，凡人有的苦恼、困惑、逆境，他一样不会少，甚至更多。社会不是真空，有种种不公平、不如意的地方。他能扛下艰难困苦，始终坚持自己的理想，保持着对工作的热情，保持着对社会的责任，更让人痛惜，更让人肃然起敬。生活并没有给他的道路铺满鲜花，相反，充满着荆棘。他是一个负重而行的英雄。

在浏河镇派出所，我见到了太仓市公安局领导顾晓红和简新海、浏河镇派出所所长沈冰和位洪明烈士生前的徒弟、同事们。他们说，所里出了这么一个英雄，他们感到骄傲。但是他们不想要这样的英雄，他们只想要他活着一起并肩工作。

位洪明生前的桌子还摆放在那里。一个不大的 L 形办公室，他的位置在西边竖位的最北，靠着窗。窗外不远处是一个整洁有序的小区，假山草地，绿树成荫，住着安居乐业的居民。这是他要保护的地方，他一刻也不曾忘记。他的笔记本上写着八个字：

　　　　守土有责
　　　　守土担责

他也曾用朴素的语言说过：不管我们多忙，只要老百姓认可你这件事做对了，哪怕说声谢谢，我们就会开心。

他的电脑还开着，桌子上的东西一样不少，就像时刻等待着他的归来。他的战友们照常在办公室里工作，太阳照常升起，城市也照常运作，他却长眠在他守护过的、担过责任的土地中。

善良、单纯、热情、孝心、细心、爱心……

这些都是他的战友、同事们对他的评价。

一件件事从回忆里带着深深的感情流淌出来，从九年的时光里流淌出来。要说的事真是太多了，从什么地方开始说呢？好吧，就从他编写的《行政案件办理流程规范》说起。

他是太仓市公安局里公认的法制水平很高的人，大家叫他"百科全书"。他是那种专家型的警员，在工作上，他有完美主义倾向。一份《行政案件办理流程规范》体现了他的用心、细心。整个PPT，内容丰富，逻辑缜密，没有华丽的过场，没有绚丽的图片，里面的每一句话，每一个词，都是用心推敲过的，字里行间积累了他多年基层法制工作的经验，体现了他对这份工作的热爱。

说到基层法制工作，不能不说到"法制员"这个工作。

他是派出所里的法制员。法制员，是派出所执法规范化建设中的灵魂岗位。小到邻里纠纷，大到杀人越货，大大小小案件里的每个程序、每个环节，都需要法制员的介入。法制员要用最新的司法解释和法律条文，帮助基层民警规范执法，让每个老百姓都感受到法律的公平公正。

每一个案件，包括事件，都可能存在风险点。法制员要事先评估，提前提醒办案民警。位洪明这个法制员，事无巨细，不厌其烦。对于案件往哪一步走，怎么取证、审讯，前期怎么制订计划，他都会一一与民警交代，也会和民警们反复商量。有时候，案子破了，大家都放下了，他却会进行后续跟进。拿太仓市公安局新闻中心的简新海的话说，位洪明这个法制员就像在烧小龙虾的大厨师，别人只要把小龙虾洗洗涮涮交给他就行，他要重新检视这些小龙虾是不是新鲜、洗得干净不干净，然后他要确定所用的调料、火候、盘子，最后他再亲自端上桌子，听取顾客的意见。

是啊，每一件事，他都像第一次面对那样充满热爱和激情。他去世前办的那件案子，留下了一张案件导向图。八层关系的网格，一层一层密密麻麻地排列，从受害人到嫌疑人，每一层都指向明确。思路、线索、办法、涉疫诈骗的网络……林林总总，全在里面了。

本来法制员不需要冲到一线，但这次他冲上去了。他最后一个短信，也是关于工作的。

他在工作上是个有能力的人。他的工作能力，戴智涛深有体会。两户居民因为宅基地的矛盾闹了十多年了，戴智涛从安徽调过来，不懂当地语言，面对着这样的难题觉得漫无头绪、手足无措。是位洪明帮他厘清了思路，指导他调解技巧，带着他实地走访，前后十多次，花了一个月时间，终于让两户人家握手言和。

他是个富有激情的人。岁月没有消磨掉他的热情，在琐碎、平凡的工作中，他始终保持着最初的激情，这就是初心和赤子之心。

他的徒弟朱竞翔跟着师父五年了，师父的为人处事，对工作的态度，深深地影响了他。譬如师父的片上，有一位老头，把自家的车库改成了棋牌室，师父依法予以劝阻、关停，却经常关心着这位老人，自掏腰包买了礼物上门探望。师父去世前不久，有一天来到办公室，拿出他给大家准备的喷雾酒精。这是他自己制作的，透明的小塑料瓶，可爱又实用。朱竞翔说，做工作一时认真容易，但五年中时时这么热情、严谨是不容易的。他说，和师父相处的时间里，师父只请了一次假，是在师娘生大女儿时，休了三天。

大女儿叫来来，才五岁。她还不能完全明白死亡这个概念。位洪明的葬礼仪式上，大女儿捧着爸爸的照片走在队伍前面，大人们让她一边走一边喊：爸爸，我们回家了。大女儿说，你们为什么要让我对着照片喊爸爸？

小女儿叫往往，位洪明去世时才十九个月。每当听到门铃声，她都以为是爸爸回来了。她可能在心心念念地等着爸爸回来做她最爱吃的糖饼。

现在，位洪明的妻子悲伤之余，得努力让女儿们明白爸爸永远不会回来的事实。她对女儿们说，世上有一个地方，那里有一扇神奇的门，人只能进不能出。你们的爸爸就进了那扇门，不能回来了。但是等我们将来老了的时候，我们会和你们的爸爸在门里重逢。

忽然有一天，大女儿问她，爸爸是不是变成一颗星星了，每天晚上在天上看着她们？

她告诉女儿们，是的。

女儿们大了，自然会知道，爸爸曾立下过誓言，守土有责，守土担责。爸爸不仅是她们的爸爸，还是一位人民英雄。

这位人民英雄，有着鲜明的个人特色。他的人生并不完美，却在工作中时时追求完美；他的人生并不完整，却在工作中时时追求完整。他经手的东西都会安排得井然有序，一件工作，怎么开头，怎么度过中间阶段，最后怎么收尾，他都要尽善尽美。他对完整和完美，有特别的追求。位洪明的徒弟朱竞翔说，师父对工作的认真负责，几乎到了有精神洁癖的地步。

多么希望这样的人，没有受过贫穷和挫折；多么希望这样的人，长命百岁。可现实就像钱币的正反两面。一直到牺牲，他都被失眠的毛病纠缠着。他长期失眠，睡得晚，醒得早，经常是第一个到办公室的人。失眠，也许来源于他完美主义的性格，也许来源于他工作的烦琐，也许还有内心不愿提及的创伤，和未曾实现的梦想。

他努力地活着，直至让自己的名字成为不朽。

他去世后，他片上的群众自发进行了悼念活动。他的大学同学们、他的战友同事们都在回忆他生前的点点滴滴。让我们记住这个年轻的名字，让他在我们充满敬意的回忆中闪耀光辉。他曾对他哥哥说，他的理想是当警察或记者。现在，无数记者聚集起来，以你这位英雄警察的名字，写下数不清的文字。

他的警号是：245629。

最后，让我们来看一看他写给他的师父张大伟的一封信。

有一次，他的师父张大伟，无意中打开 QQ 空间，发现徒弟位洪明给他写了一封信，在此摘录其中一段。

......

夜幕降临，炎热的暑气已散去些许。坐在车里，打开车窗，迎面吹来凉爽的风，舒服！你问我为什么选择这里，选择这里以后有什么感觉。记得当时我说自己感觉有点小落差，和原来预想的不太一样。你告诉我这些都是正常的，无论到哪里都会有的。还告诉我一定不要把自己专业放下，工作了也要多学习。没有什么大道理，没有什么高谈阔论，但是让我明白了许多东西，让我正确审视自己，正确定位自己，以正确的态度工作、学习。

......

徒弟位洪明写给您——我的师父张大伟

写于 2020 年 6 月 1 日—11 日

游历者不朽

　　每到一个陌生的地方，除了吃喝玩乐，我最感兴趣的就是这个地方曾经来过什么人，又有什么人从这个地方去游历外面的世界。游历，要么是寻找自己，要么是逃避自己。或者是一面逃避，与旧我告别，一面又寻找新的内容补充自己。总之游历是一件浪漫且有益的事。现代人习惯于"手游"，在手机上就能游历世界，万千知识一机锁定。但我说的游历是"脚游"而不是"手游"。用脚丈量世界和用手触摸手机屏幕，完全是两种不同的体验，一定要分个高下的话，当然是"脚游"更能真切地体会到世界的质地，这种体会是一手货。一手货，由肉体直接通向灵魂深处。

　　2023 年 4 月 9 日，我来到浙江临海。临海，三百里奇山秀水让人眼花缭乱。文天祥路过此地时赋诗："海上仙子国，邂逅寄孤蓬。万象图画里，千崖玉界中。"

　　和往常不一样，我这次出行前因为忙碌而没有对临海做些功课，上了火车也因为中转和站票而没能及时查阅临海古往今来的"游历者"。不知道什么原因，许多火车班次都取消了，导致火车上人很多，过道上都站得密密麻麻。我就在想，自从有了火车和飞机后，"游历"变得很容易，也很乏味了。

我知道朱自清出生在江苏东海县，童年和少年在扬州度过。《朱自清全集》是在江苏出版的。作为江苏人，我引以为傲。

朱自清1922年来到了浙江临海，他在临海的一年，史称为"旅居"。朱自清一生"旅居"过许多地方，这也是他拖家带口进行"游历"的另一种方式吧。1922年的早春二月，他从台州府城外的中津码头上岸，在临海的青山绿水之中，这位北大哲学系毕业生柔情似水，文思迸发，佳作连连，散文名篇《匆匆》就是在这段时间内写就的。

临海的台州中学校园的"匆匆墙"，是每一位来到临海的文字工作者必去的地方。"匆匆墙"上写着朱自清的散文《匆匆》开篇的话：

燕子去了，有再来的时候。
杨柳枯了，有再青的时候。
桃花谢了，有再开的时候。
但是，聪明的你，告诉我，
我们的日子，为什么一去不复返呢？

朱自清的《匆匆》，配上丰子恺的画是绝好的。拿现在的眼光看，朱自清的语言未免有点单调，他的情感未免有点孩子气。可是你不由自主地就被他打动。他在《匆匆》里还写道："我的日子滴在时间的流里，没有声音，也没有影子。我不禁头涔涔而泪潸潸了。"

当朱自清为时间的流逝而悲叹的时候，他所处的世界发生了什么呢？孔子当年周游列国的时候，也发出过类似的悲叹，《论语》记载："子在川上曰，逝者如斯夫，不舍昼夜。"我们无法了解孔子当年身处的世界，但我们可以得知朱自清当年身处的世界。

《匆匆》写于1922年，看看这一年发生了什么吧。

1922年，农历壬戌年，狗年，中华民国十一年。1月，张敬尧在湖南宣布自治。中国代表在华盛顿会议上与日本就胶济铁路进行谈判。上海召开大会要求废除"二十一条"。同在1月的日子，香港海员大罢工。2月，中共在上海创办平民女校。4月，第一次直奉战争爆发。5月，孙中山再次下令挥师北伐。张作霖宣布东北自治。陈独秀在8月份再次被捕。9月孙中山改组国民党，毛泽东、刘少奇、李立三组织安源路矿工人大罢工取得胜利……

国际上，意大利爆发总罢工。12月，第一次苏维埃大会召开，经列宁提议成立苏联。

这一年，是世界文学的奇迹之年。詹姆斯·乔伊斯出版了他的《尤利西斯》。艾略特出版了《荒原》。芥川龙之介发表了小说《竹林中》，二十八年后，黑泽明以《竹林中》为主要素材拍出了《罗生门》……这些作品都是对动荡年代的回应。

这一年也是中国文学起步的一年。鲁迅在1922年出版了他的第一部小说集《呐喊》。朱自清、叶绍钧等人也在这一年创办了中国现代文学史上第一个新诗刊《诗》月刊。胡适发表了《五十年来中国之文学》。鲁迅的《社戏》也写于1922年。由于辛亥革命不彻底，在封建军阀的统治下，封建礼教禁锢着人们的思想，使得一切都老气横秋。同样的，中国此时的文学也是动荡年代的一个缩影。

也是在 1922 年，罗素说，中国已经沦为傀儡国家，中国人最大的问题是冷漠。

阅读朱自清一生所写的诗歌和散文，你会看到他是与时代紧密相连的，他没有脱离时代而故作姿态。除了《荷塘月色》《桨声灯影里的秦淮河》《看花》《匆匆》《背影》这些抒情类的文章，他的长诗《毁灭》、檄文《执政府大屠杀记》、议论文《憎》《论做作》《话中有鬼》《正义》《论书生的酸气》都是基于他的思考和对真理的追求。即便在他的抒情类文章中，也时不时地会冒出他特有的锐利之语。这和他一生担负的家国情怀有关。毛泽东在《别了，司徒雷登》一文中提到朱自清："我们应当写闻一多颂，写朱自清颂，他们表现了我们民族的英雄气概。"

理解朱自清，一定不能忽略别人对他的一个重要评价：完美的人格。他既有似水柔情，又有如剑热血。他既是一介文人，又是战士。这两种不同的特质组成了他完美的人格。

从他的人生发展轨迹看，他在临海的这段生活和写下的这些文字，呈现了一种坚定的柔软，是他在激烈年代中难能可贵的内在回归。这种回归是他完美人格中的重要一环，奠定了他完美人格中的半壁江山。

游历中最有价值的内容就是学习和思考，然后化为己用。他来到临海后，临海的秀美和安宁激发了他的稚子之柔和赤子之心，他又用文字传播了诗情画意和柔情似水。肉身的存在方式，有时候会决定一个人的整体存在方式。

临海人自古以性情强悍、个性刚硬著称。朱自清在此留下的深情文字，是一笔丰厚的精神遗产。随着时光的流逝，越来越显现出对于塑造临海人精神世界的重要性。

临海还有一位大名鼎鼎的游历者王士性。在去临海前我对他一无所知。朱自清是"游历"到临海，而王士性是离开临海四处游历。王士性何许人也？我们都知徐霞客而不知王士性，王士性没有徐霞客有名，但他对中国地理学的贡献和徐霞客一样巨大。他和徐霞客一样是一位伟大人物。徐霞客是自然地理鼻祖，王士性是人文地理鼻祖。

理解王士性有点难度，第一他没有朱自清这么出名，第二他生活在明代末年，离现在有点远了。

史料上记载，王士性生活在明代晚期，处在世界"地理大发现"之后的时代。国内各种社会矛盾开始尖锐，海上列强侵扰我沿海，封建社会由盛转衰，程朱理学走向没落，阳明心学崇尚思想解放。王士性和朱自清一样，都处于一个动荡的变化剧烈的时代。这样的年代，中国的科学技术却也取得了许多成就，如李时珍的《本草纲目》、徐光启的《农政全书》、宋应星的《天工开物》。同期的文学艺术也可圈可点，主张复古的有"新安诗派"，反对复古的有"公安派"。"公安派"要求诗歌创作应时而变，因人而异，强调诗歌的性情之真。明代中晚期的文坛，不管是复古派还是反对复古派，都有着同样的爱好，就是诗人学子之间往来很多。他们的赠答诗、写景记游诗、山水游记，吊古怀贤，歌咏自然。策马边疆、好游成癖、痴情山水是当时文人的一大特色。文人们在唱和之中，完成山水游历。

在这种大环境下，当时的一些地理学家开始走出书斋，迈向自然和社会，野外地理考察蔚然成风，产生了徐霞客和他六十万言的《徐霞客游记》。徐霞客专注于自然地理考察，比徐霞客大四十岁的王士性，对地理的贡献主要在人文地理上。自然地理学和人文地理学，是现代地理学的两大分支学科。所以王士性和徐霞客，是我国地理学上的两座丰碑。也有人称他们为"大明游圣徐霞客，大明游仙王士性"。

临海也是重文之地，王士性自小就因教而立志，确立了"遍游五岳"的志向。史料中称他："性喜游历，常怀挟九州而小天下之志。"

先秦著作《礼记·王制》篇中就有地理环境决定人的特性的思想："广谷大川异制，民生其间者异俗。"王士性的地理著作中，对人地关系的阐述尤为精彩，其思辨能力远远超过了同时代的地理学家，许多论点与近现代地理学的观点一致。他甚至认为，人才的分布也与地理环境有莫大的关系。人类对自然的改造利用，王士性也有精辟的总结："天下事不可懦而无为，尤不可好于有为。"就是说，人类对自然不可盲目妄为，应遵守自然法则。这一观点已接近适应论和生态论。

王士性的祖先为绍兴人，朱自清的原籍也是绍兴。他们一个自外地游历到临海，一个从临海出发去别处游历。有意思的是，他们都出身于书香门第，身体都不太好。他们对世界有着无比的好奇和善意。

他们都写过关于西湖的诗。王士性写道："十载西湖别，桃花忆故蹊。相逢一携手，草色正萋萋。藉草寻芳径，飞花逐马蹄。春风三月暮，绿暗画桥西……"

而朱自清写道："淡淡的太阳懒懒地照在苍白的墙上；

纤纤的花枝绵绵地映在那墙上。我们坐在一间'又大、又静、又空'的屋里，慢腾腾地，甜蜜蜜地，看着，太阳将花影轻轻地，秒秒地移动了。屋外鱼鳞似的屋；螺髻似的山；白练似的江；明镜似的湖……"

他们相差了三百多年，旧诗和新诗，自然也无法比较好坏。但两个人的相同之处一目了然。他们都是走着的人，边走边写，学着、修着、爱着。

游历者不朽啊。

现代人，放下手机吧。离开电脑，摒弃空谈，撤除想象，减少会议。去游历。

2023 年 7 月 14 日星期五

听说苏州在下雪

　　和北方人不同，苏州人年年都在盼下雪。盼望也常常落空，但欢喜之情是走了几乎完整的过程。曾经看过卡梅隆在接受电视采访时说过一句话：好莱坞更像是一个思想状态，而不是一个电影工业的集聚地。我是卡梅隆的崇拜者，我把这句话拿来重新组装一下，以表达对他的敬意：

　　苏州人盼下雪更像是一个思想状态，而不是想要苏州成为大雪的集聚地。

　　苏州今年入冬后一直温暖如春天。11 月 8 日立冬那天最高温度达到了三十一度。11 月 22 日是"小雪"节气，上午晴暖，穿了一件薄毛衣静静地坐在院子里，体感舒适，恍若春天已到。

　　我是在 11 月 27 日下元节这天感到寒冷的。这一天其实也并不冷。因传染上了流行性感冒，身上畏寒，就觉得冷。晚上六点半，我起床走到外面去看月亮，一轮皎洁清冷的月亮悬在东边天空。夜里十点时，我又起床去看月亮。当头之月，无灯之处一地月光。从月光想起雪，月光和雪一样诗情画意，让人流连忘返，忘记尘世烦恼。于是脑子里掠过一个问题：苏州今年冬天会下雪吗？

　　看完月亮回去坐着，又想到一句话：作家应该关心气候。气候与文学息息相关。

其实这也是一句废话。听多了废话也会时不时地说废话了。这世上哪有什么不和文学息息相关的？只不过在当下，气候和环境需要人类更多的关注。

到了 12 月，还是晴热。12 月 9 日那天，白天温度达到了二十三度，院子里乱飞的蚊虫还能咬我一口。忽然天气预报显示 15 日降温，有雪，有严重冰冻。于是 14 日去买地膜，准备把院子里的蔬菜覆盖上地膜。自从 2008 年住到太湖边这个镇乡交界处，有了一个小院子，一年四季都种蔬菜，却从来没有今年冬天这么如临大敌，也许是某种预感起了作用。不知道去哪里才能买到地膜，菜场边上转了一圈，没买到。菜场边的杂货摊老板告诉我，去街上的五金商店看看。五金商店的老板娘告诉我，全镇只有一家卖地膜的，在人民桥那边。于是我就去人民桥那边，找了半个小时也没找到。看到一家熟悉的布店，进去看了看，和老板说了一会儿话。老板听说我要买地膜，手朝边上一指说，边上这家就有，全镇只有他这里有。他刚才关门回家了，所以你找不到他。他要回去烧午饭，烧好午饭吃午饭，你下午两点以后来，他就开门了。

我下午两点去了，进门一看，屋子很高，一问老板，果然房子挑高有五米。这是老房子，现在的平房没有这么高的。地膜论斤卖，一斤九元。买了八米，半斤多，五块钱。

第二天一早就下着雨，下午狂风大作。我冒着大风把地膜覆盖在蔬菜上，顺带着把一些爬藤月季花的根部也用地膜保护起来。花了一个半小时做完这件事后，我决定搞劳自己。以前住在市内，往往会去特色小饭店、咖啡馆吃点好吃的犒劳自己，或者去商场买个什么小玩意儿。这里没有这些，可也有水产一类的好东西。于是我去菜场鱼摊上买虾，虾已卖光。摊主告诉我，摊上还有一条活的野生鱼，叫鳡鱼。什么？我从来没有听说过鳡鱼。摊主说，二十元一斤。这种鱼在太湖里有它专门的职责，是给白鱼们带路的。我问它给白鱼带路干什么，摊主说不知道。我问有谁知道呢，摊主说不知道谁知道。

晚上吃鳡鱼，发现它肉质鲜美，只是刺有点多。难怪那么晚了它还在摊子上。有点后悔让摊主把它杀了，太湖就在边上，把它扔回太湖里，让它与白鱼们重聚也是一件美事。

第三天，也就是 12 月 16 日，依旧狂风呼啸，冰冷彻骨，院子里的两只鱼缸里结了一层薄冰。

邻居和我招呼，听说苏州下雪了。

这就要重点说明一下了。我住的这个地方，属于苏州吴中区，开车进苏州市中心，也不过四十几分钟。但是本地人从不把自己称为苏州人。如果去苏州市里办事，习惯上称之为"去一趟苏州"，而不是"去一趟市里"，口气里一副与苏州分得很清的样子。

听说苏州下雪了，就像说北方下雪那么遥远。

我入乡随俗，就说，是啊，听说苏州上星期六就飘了一场小雪。我们这里还没下雪。

"我们"这里是隔了一天才下的。18 日早上开始下雪。从零星雪花到雪花飘飞，然后又密集成帘，最后雪花变成了一行行沉沉的雪球从天连接到地。

我这天就做了一件事：看雪。从早上看到下午两点多雪停。然后盼着明天再下一场。但没有再下雪，只有未化的残雪可以看一眼。伴着下雪天，寒潮来袭，从零下三四度到零下六七度。都在说江苏平均气温创多少年以来的新低，苏州创下多少年以来最冷的冬天。中国人的乐观精神体现得淋漓尽致，什么都可以创下纪录。

我院子里的菜都冻得硬邦邦，尤其是白花菜和西蓝花。它们长得太高太茂盛，我无法用地膜盖住它们。下雪的那天中午，我拿锋利的剪刀剪了一棵白色花菜，花了五六分钟，用尽力气才剪下一棵，高而多水的菜茎里结着密密麻麻的碎冰。花菜冻得有点透明，炒成熟菜后与平常花菜没有两样，但口感更好，也更鲜。

吃完花菜，发个朋友圈。有雪为证，向苏州的初雪表达一点敬意。发完朋友圈，很快就被北方人嘲笑。就这点雪也值得大惊小怪。

不是我一个人这么欣喜，苏州一下雪，苏州的报纸也忙得不亦乐乎。15 日，报纸说：苏州今晚要下雪。16 日报纸说：苏州，下雪了。18 日，报纸上又说：刚刚，苏州又下雪了。然后又发了一篇文章：《他们和苏州一起白了头》。一场雪，苏州美成了姑苏。还有视频：苏州的落雪。反正一下雪，苏州人就欢天喜地，雪景刷屏。踏雪寻梅啊！瑞雪兆丰年啊！

这里又要重点说明一下：他们说的苏州，和我住的地方在语境上有些不同。但雪是一样的白，一样的美，一样的让人欣喜。

杂七杂八写得很琐碎，是觉得生活常常艰难，常常不尽如人意，常常无趣。但活着有这么多琐碎，那就是美好的。津津有味地写出这些琐事，也是美好的。

写于 2023 年 12 月 28 日—30 日浦庄聆湖

阳光总在风雨后

两年前，姜文买了我的中篇小说《小女人》，我的女友们知道以后，不夸我的小说写得好，反而一股劲地夸姜文这个人好。为此她们还举了一些例子作为佐证，她们说得绘声绘色，声情并茂，所以我听着像是中央台在播放好人好事。由此我也知道，姜文是一个被女人们喜欢的男人。这说明，一个男人长得简陋一些没关系，只要他心灵美，照样可以成为大众情人。

买了我的《小女人》以后姜文一直没有拍。后来我知道，他不拍的理由非常简单，因为他对我小说里女主人公的一个心理细节无法理解，百思不得其解，所以就搁下了。我当时听了他这么说，心里十分感动。我从未见过这么较真的人，他让我敬畏并由此对艺术的魔力赞叹不已。而且我还应该感谢他，他对艺术的执着态度毫无疑问地增强了我对文学艺术的信念。

除了见识到姜文的较真，我也知道，姜文对女人并不了解很多，尤其不了解女人身上偶现的一种下意识心理。那是从夏娃身上延续至今的遗传密码，男人们会把这看作病态，而女人们处之泰然。

过了不久，姜文工作室的徐顺利给我打电话，说姜文多年来有一些精彩的构思，但是一直没有找到一个汇聚口。

看了我的短篇小说《天鹅绒》后，一下子把这些艺术构思都连起来了。所以他们想买《天鹅绒》。

我想，我的女友们都说姜文好，既然他那么好，我送给他也无妨。于是我对徐顺利说，买什么？送给姜文。

后来就听说姜文开拍了。从开拍到现在即将放映，听说姜文经历了一些风风雨雨。其实这些都是必定要经历的，阳光总在风雨之后嘛！

我去北京的次数很少，从出生到现在总共四回。一次游玩，一次开会，一次去看朋友，最后一次是两年前到姜文的工作室去。最早去的那次是 1996 年的秋天，我与沧浪区卫生局的主要领导闹翻，我一气之下扔掉工作回家了。弟弟为了让我开心，就陪我去了北京。我从此对北京的红心萝卜念念不忘。

我以为北京有两样好东西，一样是德胜门张老疯子的旧书摊，一样就是红心萝卜。老疯子的旧书摊早在 1954 年就被北京公安局取缔了。传奇的张老疯子，传奇的旧书摊，可惜多情总被无情误，无缘见到。但是红心萝卜我可以得到。

于是，当姜文想送我一样礼物时，我要了北京的萝卜。不要多，三个就够了。但是我至今也没有拿到姜文的三个萝卜。

我记得很久前看《芙蓉镇》，看到姜文在清晨沉寂无人的大街上扫地，扫着扫着，扫帚越来越轻，突然之间，扫地的动作变成了轻快的舞步，梦想穿过现实来到我们面前，带着我们的心脱离无比沉重的生活，飞升到一个宗教一样恬静神圣的地方。

我对这一幕十分着迷，曾经模仿着跳起这种舞步。我承认我学得不是那么回事，但我已经感受到了某一种忘却的艺术，或者说是升华的艺术，感受到一个好演员所具有的稚拙、纯真和耐心。当我后来见到姜文时，我好像觉得他刚从空无一人的大街上跳完舞回来，放下扫帚，看到面前这么多似曾相识的面孔，一时间无法适应。

除了三个萝卜，还想看一次他这样跳舞。

到了《阳光灿烂的日子》时，我又看到了姜文的稚拙、纯真和耐心。他堂而皇之地开展了一场介于成年和少年之间的游戏。他的幽默，时不时地闪现着恶作剧的味道，是他少年心情的流露。这同样让人无比着迷。

但《阳光灿烂的日子》给我们传达的信息不仅仅限于这些东西，它是单纯的，同样也是复杂的，就像王朔的原作一样，单纯而复杂。说句题外得罪人的话——可惜了王朔，一条好汉，现在搞得这样简单了。

姜文始终单纯而复杂，对艺术始终抱有宗教式的情感。我这么说好像是姜文隔壁的看着他长大的大妈。但是别人都是这么说的，我这样重复一下不算冒犯姜文。

什么是宗教？宗教就是缓慢地细腻地耐心地精彩绝伦地进行一场感情释放。可怕的"现代"两个字，把什么都变成了快餐，所以宗教式的情感弥足珍贵。

2008 年 8 月 21 日

遗失和创造

　　我经常思考的一个问题是，如何在现代生活中发现美，并把这种美用汉语固定成普遍适用的意境。

　　讲故事，塑造人物，都离不开意境的衬托。前不久，我重读《水浒传》，看到林冲以犯人的身份叩拜柴进，书上写，柴进一听是林冲，"滚鞍下马"。

　　柴进是什么身份，见了一个犯人，非但"下马"，而且"滚鞍"，看到此处，不用多说，心领神会，热泪盈眶。

　　再想一想，换到现代，没有马，更别提鞍。柴进坐着汽车，看见身世飘零的八十万禁军教头林冲，"开了车门滚下来"，好像不对吧？完全没有意境，完全没有美感。

　　力气是一样的，开了车门滚下来，力气用得更大，程序也更复杂。心情也一样的，都是崇敬林冲的意思。但费神费力，写出来没滋味，读出来好没意思，不会热泪盈眶。

　　进一步再想，你现在无法接受柴进开了车门滚下来，也许若干年后，因为只有汽车，你只能接受柴进开了车门滚下来。于是你热泪盈眶。

　　谁说得准呢？也许也许，也许用不了多少年，汽车能在天上飞了，柴进看见发配的心中偶像林冲，要是开了车门滚下来，肯定摔得稀巴烂。

　　哦，是的，一切都快，快得无法把一些美，一些美的细节、意境固定下来。

但人类又是需要美的，尤其文学中、文字里，需要美感，而如今我们的汉语正在失去美的复制和发现。新旧交替，何去何从？只有一件事是明确的，我们无法长时间地用旧的意境讲述现代生活，有形的和无形的。我今天讲的是有形的。我只是罗列一个问题。

再回过头来说。

譬如灯。以前是"掌灯"。昏暗中，不急不慢地点燃一盏灯，屋子一下子亮起来，你眼前一亮，心也随之亮了。更有暧昧情状，漂亮的小姐或丫鬟掌灯前来探视某人。掌来的灯，有明暗主次之分，周围的物件，包括人脸和衣服皱褶，都深深浅浅。许多东西便在这层层的深浅中活动开来。

现在的灯要多快有多快，也无法"掌"。按下按钮或拉线，"唰"的一下，一切都亮如白昼，没有主次明暗之分。用了灯罩，周围有了深浅，但总觉得这种深浅没有恰到好处，明暗深浅与黑夜不配。

我是用过好多年油灯的人，也就是说，知道掌灯和拉灯的区别。并不是提倡用油灯，历史也不可能倒退回掌灯年代，现在的年代只能与现在的灯配合。但作为一个作家的问题是，如何把一些描述现代生活的词汇发展成有美感的词汇。当然"开灯""拉灯""按灯"都无美感，怎与"掌灯"这个词相比？

现代生活中，消失的东西太多了，如野外的夜莺、鸳鸯、各色蝴蝶、萤火虫……有些东西我们不再热情歌颂，如浮云、风雨……因为科学揭示来历，不再神秘。又如郭兰英在《小二黑结婚》中一开头就唱："清凌凌的水，蓝莹莹的天。"这种美丽的词句估计现在没人写，因为不常见，写出来也没法引起共鸣。

对这种描述能引起共鸣的是 60 年代往上的人。60 年代往上的人，看美，就如坐在普通火车往窗外看，汽笛声声里，看到的是小河、村庄和牛羊。60 年代以下的人看美，是坐在高铁上，从窗外望出去，一片模糊。事实上他们根本不看了，他们看手机和电脑。

我问过年轻人，如何把开灯这个行为写得美。他们一脸迷茫，有反问的，开灯为什么要美？

这是传统啊。从细节的美感受到对生活的热爱，不是全人类的传统吗？

对了，现在的问题是，因为太快，对微妙的细节感受力已下降。

但人类真的可以忽略细节吗？

现代生活中，消失的多，增加的也多，逝者已逝，增加出来的许多东西，我们不知道拿它们怎么办。灯不能掌了，还能怎样？我发现西方文学艺术家们也在这个方面迷茫，西方人把神仙鬼怪弄到高楼大厦里去了，蜘蛛侠、雷神、超人……在居民区里和仙境中来回奔波，正反映了文学艺术在传统与现代中徘徊。

昆汀之所以被奉为大师，我想最主要的原因不是他电影里的暴力美学，而是他企图在现代的因素中发掘与之相对应的叙述语言，并上升为一种审美。这与作家的目标是一致的。

中国的文学艺术不是在传统与现代中徘徊，而是错乱。

错乱也是一种状态，怕只怕没有状态。

　　有一回在酒店见一女子，因爱人劈腿，她就把他买的手机泡到酒里。这是一个错乱的行为，但是，酒泡手机，令人震惊。手机是现代物品，酒是传统物品，这二者于不可融处深深融合，产生出奇异的效果。

　　还是说灯吧。手电筒，是灯的替代物，长了腿的灯，它样子简陋丑怪，是不美的。舶来品，在当时是现代玩意儿，照在人脸上，晃得睁不开眼。但是夜深人静时，去河岸边，用手电筒朝水里定定地照住河床，光束之中，鱼虾水草，游游荡荡，螺蛳蛤蜊，拖拖挂挂，就是一个迷幻世界。这种效果，用油灯或蜡烛无法达到。

　　这是一点小小的乐观，如果把这乐观再放大一点，那么我要说：只要情感美好，一切皆可创造。

2016 年 9 月 20 日

文学路上的恩惠

岁月流逝，我忝列中老年作家行列。谈到文学与我这个话题，不知不觉总有一箩筐的话。《莫愁》杂志的韩丽晴主编约我写四千字左右的文学谈，四千字，有点滔滔不绝的意思了。中老年作家尤其要克制，不能滔滔不绝。

文学谈，创作谈，最怕狭隘，最怕自恋和自大。我写作这么多年来，各种谈写了不少，其中狭隘的、自恋的、自大的文字占了不少篇幅。想一想，自己也觉得无趣。

这一篇要写别人对我的恩惠，不是行将就木前的回忆，不是领奖台上志得意满的感谢，而是要把心底的一些美好拿出来，与美好的人共享。世事沧桑，有时候简直是风刀霜剑，但总有一些东西令人愉悦和感动。

在我记忆里，我母亲是第一个给我文学恩惠的人。我家是1969年冬从苏州下放到盐城阜宁乡下的，我妈妈当时才二十五岁。她把家里大部分东西都变卖了，唯独留下了许多书。她把这些书带到了苏北乡下，对她来说是一位文学爱好者的狂热行为，却也无意中打开了我通向文学之路的大门，给了我一个无路可走时的生存之道。她会写一些旧体诗，但是写得很拘谨，用词用得小心翼翼。我一直认为，以她的人生阅历，当过教师、医生、企业家，她如果写小说，会很有意思。

但是妈妈在文学上对我的恩惠不仅仅在于那些带到苏北农村的书。我在三年级的时候，一家人去县城玩，妈妈要给我买一双布鞋。70 年代的苏北农村相当穷，吃饱穿暖是绝大多数人的奋斗目标，男孩到了十来岁还光屁股是常见的，为了一把稻草的归属也会动刀子。当然他们现在的生活已是翻天覆地，改革开放给穷人带来了富裕，富裕带来了做人的基本尊严。

在这之前我还有过一双红皮鞋，我穿上它出门转一圈，回到家时只剩一只了，是跳水沟时陷进了污泥里。我平时就赤着脚走路，和我村里的小伙伴们一样。这回妈妈要给我买新鞋，那是我人生中的大事。没料到我看上了柜子里的一套书，浩然的《艳阳天》。我就提出不要鞋子要这一套书，我妈妈二话不说就给我买了这套书。我后来看完了这套书，年纪太小，看不懂什么，但记住了书里的一些气息和场景。

我成年后，感激妈妈对一个孩子的理解，除了理解，她对我还有深深的宽容。农村孩子中有许多学业很好的，即使学业不那么优秀也是读书认真的。可我从一年级就开始开红灯，有时候语文、算术双双不及格。我不爱上学，成天在外面游荡，过我的梦游生活。我妈妈那时候教中学，还兼做校医。老师们碍于我妈妈的面子，都对我睁一眼闭一眼。我这么一个差生，提出买一套对功课无用的小说书，妈妈居然马上答应了。与众人面前装扮女儿相比，她更看重一本书的价值。这种智性，是文学给予她的。文学恩惠了她，她又恩惠了我。

在文学上，妈妈没有教过我任何东西。或者说她也没空教我什么。我记得她唯一教过我的是一个成语：乌云密布。有一天她正在家里闲着，看到天空里乌云翻滚而来，渐渐遮蔽天空。她就朝天上一指，对我说，这就是乌云密布。

后来我在《钟山》上发表中篇处女作《成长如蜕》后，她对我惊叹：你还会写小说啊？她不知道她在文学上对我有过莫大的影响。是的，对一个孩子的宽容和理解就是最大的支持。

我在阜宁农村里读完三年级，父母把我送回苏州外公外婆家。当年我家全家下放，考虑到女孩子在穷乡僻壤出路少，也想避免以后嫁个苏北乡下人，就独留了我的户口在苏州。现在要回苏州读四年级了。若干年后，我偏偏还是嫁了一位苏北乡下人，这可能就是命运吧。

我外公外婆住在观前街西头的建设弄，邮电大楼旁边，第一百货商店对面，是个热闹的地段。弄堂口是 11 路车站的始发和终点站，地上总有汽车卖票员随手扔下的一只只票根，我很喜欢这些票根，捡了不少放在口袋里玩。我的舅舅和舅妈也住在我外公外婆家，他们生了一个儿子，是我的表弟。我就整天抱着我的表弟在外面游逛。城里的亲戚中，没有人让我去学校读书。我也没有去学校读书的愿望。

但我想看书。我那时候已看完了《石头记》《西游记》《普希金文集》《艳阳天》，当然是看不懂的，许多字也是连猜带蒙。这不妨碍我读书的热情。我们住的是一个大宅院，前院后院、楼上楼下住着六七户人家，我每家人家都去打探了一下，只有后院一对小夫妻的家里有书，他们有一位年纪和我相仿的女孩，女孩生着一头自来卷发，长得像个洋娃娃，十分漂亮。我向女主人借了一本《海岛女民兵》，书里有个某工厂图书馆的印章。

这是一本很厚的书，我拿起书就忘了别的事。因为小表弟没人抱，我的舅舅觉得是书犯了错，就把书撕掉了。我那时候虽然十岁不到，也知道还不了书是一件不好的事。我慌乱、焦急，我还想过用别的书代替。最终我两手空空地去找借给我书的女主人，我站在她家门口，难为情地告诉她，我还不了书，因为书被我舅舅撕掉了。女主人笑盈盈地上前来，拉住我的手，告诉我没关系的，书不用还了。然后她给我的口袋里装满了炒米花，回过头对她那个像洋娃娃的女儿说，你看人家，没有书还找书看，你有书也不看。

这一天对我有着重大的意义，我不用还书，口袋里装满炒米花，因为我爱看书，还受到了莫大的肯定。

半年后，我被妈妈接回了阜宁农村，估计她已知道我在苏州是没法去学校读书的，还是老老实实回苏北乡下。我又开始了乡村里的梦游生活。

我不知道那位女主人姓甚名谁，我只知道她给予我的文学恩惠是我一辈子的财富。

就这样，我在乡下混到初二年级。妈妈怕我大了以后找苏北人结婚，又让我独自回苏州了。以前，苏州人非常忌讳与苏北人联姻，如果谁家有女儿嫁给了苏北人，那就是整个家族的羞辱。我还是住在外公外婆家里，我的舅舅舅妈也还是与我们住在一起，小表弟也四岁多了。我们住在观前街玄妙观后面，这个地方更热闹。

我那时候十三岁，正是长身体的时候。孤身一个女孩寄人篱下，吃不好吃不饱还是小事，内心的孤单落寂可想而知，有时候半夜醒来，正巧被子上有月光洒着，那就怎么也睡不着。

外公是木匠，舅舅也是木匠，他们家里自然是没有书的。上天总会给落魄者补偿，我与班上的女同学范苹苹交上了朋友，听说她爸是范仲淹的后人。她家离我家不远。她家里也没有书，但她家里有两位爱书的人。所以我就把她家当成了我家，一个精神之家。我常常扔下书包就去她家，有时候一天之中要去她家好几趟。

范爸爸与范妈妈就是那两位爱书的人。他俩非但爱书，还爱写作。范爸是小学美术老师，范妈是丝织厂工人。家里三个孩子。大女儿也是丝织厂工人，小女儿读高中，小儿子读初中。

自从我和范爸范妈谈了我的写作理想之后，他俩捷足先登，风风火火地开始了散文写作。我每次去她家，她妈妈就会拿出一本活页笔记本，上面写着一篇篇散文。范妈妈一边看笔记本，一边告诉我她昨天写了些什么内容，范爸爸就在边上插话、补充。谈得最多的是一篇《天平山一瞥》的散文。这篇散文是范爸范妈两位共同的杰作，他们斟字酌句，不停地朗读、争论、修改，写得很是苦恼，但也苦中有乐。

那是一段无比美好的日子，我深入了一个家庭，见证了两位中年文学发烧友对写作的虔诚，见证了汉语在一个普通家庭迸发出来的光芒。他们一辈子也没有发表过作品，也从来没有想过要发表。他们爱写作，只是喜欢写作能给他们的生活带来光亮，带来愉快。

我那时候还没有写作，这一段经历，为我将来的写作打下了精神的基础。在这个家庭度过的日子，成为我写作前的预热阶段。不管过了多久，这种热度还保持着当初那样。他们没有教过我高深的学问，他们也不懂高深的学问。他们让我看到了对文学的至诚之爱，这种赤子之心才是写作中最可贵的元素。

这就是一个普通家庭给予我的文学恩惠。

很多时候，施惠的人并不知，受惠的人也不觉，一切就这么自然而然地发生了。但那份恩惠就如头顶上的太阳，你就是瞎子，也能感受到它的温暖。

写于 2021 年 5 月

小说加减法

许多年前，鲁迅就说过不要去相信什么小说作法，但还是有人相信小说作法的。许多年来，这个话题一再地被人提起。有人说不要相信，自然有人说相信。所以，有人不说小说的技法，自然也有人说小说的技法。1997 年十一期的《新华文摘》上，王安忆说到小说的技巧。

她提出一个问题：小说的艺术性质怎样才不会被生活所混淆？她说（小说）要有一种因果关系，要有一种逻辑性情节。我以为在如何处理艺术和生活的关系上，这是一种可能。

还存在着另一种可能，即尽可能地淡化因果关系。这样做的一个充分理由是：生活中存在着许多因果关系很强的故事，照搬到纸上，也就是一个逻辑而已，甚至是一个乏味的逻辑。所以，我们寻找另一种途径，这个途径就是淡化因果关系。淡化因果关系，才能看见小说里另一些重要的因素。另外，我们不得不承认，所有想要因果关系的小说，看上去都有点底气不足，是个身材不好需用衣服巧妙掩盖的女人。而没有因果关系的小说，如罗兰·巴特《一个解构主义的文本》，那就是一个沙滩女郎。人家身材好，敢一丝不挂。或者应该这么说：脱了，身材就好了；掩饰了，身材就不好了。

就此想起另外一个话题。

我们的老祖宗说过：道生一，一生二，二生三，三生万物。这是加法。

反过来说：万物生三，三生二，二生一，一生道。这是减法。于纷繁复杂中一减再减，减到后来就减出了"道"——小说之道。

（你得承认，这反过来说的话，其内涵更符合唯物主义物质第一、精神第二的原则。）

小说之道在于用减法而不是加法。这句话是老生常谈，但说的人多，听的人多，惜乎做的人少。大家都在热热闹闹地做加法，一加一、二加二，一不留神把加法做好了，就有人喝彩，心中立刻消除了恐惧——对文字的恐惧。喝彩的人心中有数，他也正想着如何做加法呢。问题在于这里：谁不想让生活显得丰富多彩？一减一就等于零，这是多么可怕的一种状况。

有一次，一个人问我，最可怕的一个词是什么？我说是"现代"一词。连爱因斯坦都说：（现代的商品经济）使我们一想起来就十分恐惧和痛苦。

现代的商品经济社会以无休无止的"积累"作为特征。积累积累——积着也累啊！什么什么多了增加了庞大了超过了，什么什么人也就得了什么忧郁症焦虑症心脏病高血脂。

其实，人要是想开了就不愿意那么累。大象交配的过程一般不会超过一分钟，但它生出来的还是大象。老鼠交配一个小时生下来的还是老鼠。人，精力旺，交配的时间再长，生下来的也不过是个人。

我一直以为，在小说上，加法这种蠢方法是外国作家做的。外国作家中，如罗兰·巴特这样的聪明者绝无仅有。减法是中国作家做的事，但中国作家现今不爱做减法了。你看着好了，将来外国的作家都来做减法了，中国作家怎么办？怎么办，跟着人家再做减法呗。

中国作家中，我所知道的做减法的，有汪曾祺和余华。我崇敬在小说上做减法的作家。做加法喝彩的人多，因为大家都喜欢加法，懂加法。做减法喝彩的人也多，但喝彩的人不懂减法，也未必喜欢减法。之所以喝彩，是因为人家做了减法之后，可能会给人家带来一些喜洋洋的加法。这是大家愿意看见的东西，所以喝彩。

其实，人在生活里，有时候是真心喜欢减法的，只是不知不觉罢了。前一阵子，巴勒斯坦领导人阿拉法特被以色列困于他在拉马拉的司令部，他一着急，做了减法，说："我想成为一个烈士、烈士、烈士。"（三个烈士，其实就是一个烈士。）他把他身上诸多光芒万丈的头衔摘除掉，只想做一个简简单单通俗易懂的烈士。这也说明了一个问题：人一着急，什么伟大的事情都做得出来。

这一来，不说各国人民为之群情激昂，就是在我生活的苏州小巷子里，某一天，两位苏州老伯伯聊起时政，也说：（阿拉法特）有决心，不容易。

以上是我一时所想。有时，深思熟虑的东西都经不起推敲，何况一时所想？为了自圆其说，或者是为了辩证地自圆其说，我说一件事：1972年春天的一个清晨，山东利津县一位名叫赵利莲的农妇，早起到黄河边上挑水，突然她惊呆了，扔下木桶跑回村里，边跑边喊："黄河干了，黄河干了……"

　　——并不是所有的减法都会那么有趣。相信这句话是有益的，你做减法的时候留神着。

一个孩子的书缘

——我的读书故事

我人生中碰到的第一本书是《海岛女民兵》，那时我九岁，从苏北乡下回到苏州城里，和外公外婆住在建设弄，第一百货商店的斜对面，准备在家乡读四年级。

当时全家"下放"的人家可以享受一个政策，留一个孩子的户口在苏州城里。我父母把我的户口留在了苏州，考虑到女孩子到了苏北农村出路小，而我的弟弟可以当兵出去。

我是在苏北农村读到三年级的暑假，父母把我送到外公身边。但是外公他们并没有让我读书，而是派了我别的用场。于是我除了成天抱我的小表弟玩耍，别的时间穷极无聊。去别人家串门，看见这家人家桌子上放了一本书，就借回来看，这本书就是《海岛女民兵》，上面还有某厂图书馆的蓝色印章。

借给我书看的是这家的女主人，她有一个与我同岁的女儿，满头卷发，长得像洋娃娃。

可惜后来我的一位亲戚把书撕了。我还不出书，就站在这家人的门口惭愧，但这家的女主人非但没有责怪我，还给了我一大把炒米花，并且对她满头自来卷发的女儿说，你看人家，看本书多难，你呢，家里有书也不看。

我的人生里看的第一本书就是这个经历。我很幸运，碰到了这位温暖的女主人，她让我知道，看书是一件好事。而我在今后的日子里，牢牢记住一点，好人到处有。

我已经忘了这本书的内容了。今天写到这儿，就去查了一下百度：《海岛女民兵》，作家黎汝清，1958年调至南京军区创作室……电影《海霞》改编自这本书。

在苏州没有上学，妈妈又把我接回了苏北乡下读四年级，我求之不得呢。因为有了看第一本书的经验，我开始看第二本书。我妈妈酷爱看书（那位借我第一本书的女主人，也许和我妈妈一样喜欢看书），"下放"前，她卖掉了家里不穿的衣服和几乎所有的家具，却带了一箱子的书籍去了苏北农村。在当时她的书不算少了，但她心有不足，借着当老师和赤脚医生的便利，千方百计地去充实她的书箱。她出差或者回苏州，一定要去新华书店和古旧书店淘书。

我看的第二本书是《石头记》，从右至左的竖排本，脂砚斋批注，上下两卷。我是从她的箱子里偷出来看的，看见里面有挺好看的插图便撕下来藏在裤袋里，这本书至今我还珍藏着。这本书的来源我也记得，是阜宁县中一位语文老师的，我妈妈拿了一套刚出版的《韩非子》，与语文老师换了《石头记》。语文老师之所以愿意和她交换，是因为当时县城里没有《韩非子》。

与《海岛女民兵》一样，我也看不懂《石头记》。不同的地方在于，我虽说看不懂《石头记》，但我能记住里面一些场景，譬如下雨时，贾宝玉碰到一位女孩子在地上写她心上人的名字，连下雨也不知道。贾宝玉便告诉她下雨了。贾宝玉的脸掩在花丛里，女孩子回头一看笑着说，难道姐姐也不怕雨？

……

虽说看不懂，但它给了我底气，让我不害怕任何书籍，也不迷信任何书籍。

我看的第三本书是《艳阳天》。爸妈带我去县城买鞋子，我对鞋柜里的那双布鞋不感兴趣，平时我喜欢和别的孩子一样光脚走路的。我对旁边柜子里放着的一套三卷本的《艳阳天》感兴趣。我就把妈妈带到《艳阳天》前面，说不要鞋子，要书。妈妈二话不说就替我买下了书。这个场景，我任何时候想起来都很感动，我有一位不俗的妈妈。想起来，这本书对我没有产生多大影响，里面发生的事也完全记不住，但我记住的是里面男女主人公的性格，他们既乡土又干净，就像满田的稻谷一样散发出清新香气。

对我影响最大的是第四本书，《普希金文集》，也是五年级时候看的。看完这本书以后，我就立志要当一个作家。《普希金文集》里，诗歌和小说，全都散发出文学特有的魅力，光芒四射，吸引了一个孩子的心。暴风雪、流放、自由、决斗、私奔、鲜花、大海……这些陌生的东西，在之后成了我幻想世界的一部分，永远如新鲜的太阳照亮我的写作生涯。

2016 年 4 月 9 日

散谈几则

一

人类历史上最大的父系社会——中国汉族，流行一句问候语："你吃过了吗?"

夏丏尊在《谈吃》里面说：中国人是全世界善吃的民族。活着的要吃，死了仍要吃。人要吃，鬼要吃，神也要吃，甚至连没嘴巴的山川也要吃。有的吃猪，有的吃羊，有的是专吃牛的。至于吃的方法，有烤，有炸，有烩，有炙，有熘，有炒，有醉，有拌，有卤，真正一言难尽。

这是讲吃的一套。

吃还有另外一套。这个社会是男尊女卑的，如果有一张四个人坐的桌子，必定是男人占了三个，女人坐了一个。这个女人须要绝顶聪明，既要有为，又要无为。所谓的有为，就是在对待这三个男人的态度上，要暧昧不清，既像母亲，又要像情人，必要的时候要充当姐妹或者老师。所谓的无为，就是一不能愚蠢至极地谈女权，二不能显示你的聪明。一个女人有了这样的聪明才智，这个位置会坐得很牢。

这是想跟男人平起平坐的女人，好在大多数的女人不必这样辛苦。所以我想，女人们相遇时问："你吃过了吗？"那是不必有心理负担的。没吃过，饿了两顿了，那跟她有什么关系，她的男人没能耐。

两个男人遇见以后，相互问一句："你吃过了吗？"问过之后，有下列几种情形发生：

和平共处型。大家都吃过了，肚子不饿，吃的内容也差不多。

惺惺相惜型。大家都没吃过，肚子很饿，老婆闹着要改嫁。"你吃过了吗？""吃过了，吃过了。""我也吃过了。"心照不宣的谎言，虽然饿得头发昏，但男人的面子靠你靠我同心协力维持着，有钱的捧个钱场，没钱的捧个人场。

拔刀相见型。一方吃得满嘴流油，另一方刚啃过树皮。两人冤家路窄，吃树皮的满腔怨恨瞪着那位，那一位满心欢喜却又睚眦必报。"我吃过了，你吃过了吗？""我吃过了。""你吃的是什么？""你别管我吃的是什么，反正现在我肚皮不饿。我知道你刚吃过肉，有一天我也会有肉吃，你神气什么！"——中国历史上伟大的农民起义大都由此而来。

就是两个吃得饱饱的人，碰到一起，问候语也是："你吃过了？"听上去有点心虚，虽然家有良田千顷，还是时刻担心着什么。这样一问，人生的目标显露无遗，敛财守财，辛辛苦苦只为了一个肚子——目标不大。

中国是没有哲学的，如果孔孟和老庄的思想也算是哲学，再加上毛泽东思想，前一个阵营是"收"和"守"，后一个是"斗"和"争"，弄来弄去，也就是吃肉和吃树皮的问题。

二

　　女作家的形象在一般人的心目中大概是不佳的，起码是一只手挟着烟，另一只手端着酒杯。男人不喜欢女作家，女人也不喜欢女作家。女人觉得女作家是些中性化的女人，对女人的整体有着威慑力。而男人，在认为女作家是一些中性化的女人外，也隐隐地感到这些女作家对男人的整体有着威慑力。这当然是很正规的说法，也是很给脸的说法。就像在交际的酒会上，有一个人的行为引起众人的反感，众人不说他不好，而是说这个人其实很老实，不会掩饰。

　　所以，人家称我为女作家的时候，我心里就惶恐。逢到正经人问我：你抽烟吗？我会说：不。如果正经人还问我你会喝酒吗，你会说粗话吗……我一概回答：不！

　　这世道，还是正经人多！

　　想开了也就是这么一回事，你看见的世界是这么日新月异，其实，这世界一直在原地打转。以前说，××年风水轮流转，这句话刚有的时候，大约自行车还没有呢。现在，变化快了，不过就是更快地原地打转。悲观主义者说，人类的高速进步实则是加速灭亡的步伐。我是个乐观主义者，乐观主义者说，人类的高速进步是××年风水轮流转了。

　　再说女作家是怎么回事。

　　有一年的冬天，下午，我和儿子两个人，步行着从儿子的学校回家，儿子背着他的书包，我挎着我的皮包。走了一站多的路，儿子说："妈妈，你累吧？我替你背包。"

他把我的皮包套在他的头颈里，挂在胸前。又走了一站多点的路，儿子说："妈妈，你冷吧？我给你焐焐手。"十岁的胖儿子，手掌心又宽又肥又热。他就那样两只手捉着我的一只手，胸前挂着我的包，后背背着他的包，又走了一站多的路。他发出了疑问："妈妈，你的手为什么总也焐不热？"自问以后他自答道：

"大概女作家的手都是冰冷的。"

若我能重新选择，我能选别的什么样的事来做呢？恐怕不能。我喜欢孩子，没成为幼儿园老师；我以家庭妇女自居，没能从买汰烧中获得愉快；我希望有一份安定的工作混混工资和日子，结果什么地方的工作也不能让我安定；我希望家庭能让我对世界闭上眼睛做梦，没想到自结婚后我再也不能做梦了。

最后，让我来归结一下女作家是怎么一回事吧。

女作家是一些看上去不普通其实很普通的女人。

女作家是一些讲究衣着的女人。

女作家是一些藏着很多秘密的或者什么秘密也藏不住的女人。

所有的女作家都爱花。

三

有一年的四月，看了一场北京人艺演出的话剧《雷雨》，鲁大海从头到尾穿着一双皮鞋。我去问了几个老人，那个年代的工人是不是有穿皮鞋的例子。老人毕竟是老人，心里嘀咕说那不大可能吧，嘴里都不肯说确定的话——也许有也许没有吧。

　　这不是让人感觉难受的地方，难受的是，你看了以后就只有一个感受：从那个年代到现在，什么都没有改变，男人还是那样的男人，女人还是那样的女人。男女之间，一旦有爱情关系，马上就成了一场战争。胜家往往是男人，因为女人爱上男人的时候，就是主动地把自己降为弱者的时候，偏偏还要争闹个不休，于是男人轻而易举地当了胜家。

　　美国有一部电影叫作《男人百分百》，梅尔·吉布森扮演一个离了婚的男人，这个男人喜欢拈花惹草，而又对女人不甚了解。在一次偶然事件中，他获得了一种特殊的本事，就是在日常生活中他能听见女人们心里说的话。于是，那个老是不肯就范的餐厅美女乖乖地跟他上了床铺。他的上司，那个美貌能干的女人，不是很锋芒毕露吗？那又怎么样呢？当一个男人知道她所有的想法时，了解她内心的一切时，除了和这个男人上床以外，她还能干些什么？

　　这让我想起湖南的江永县，这个地方出了两个新闻：一是千家峒，二是"女书"。千家峒就是瑶族世世代代传说中的桃花源，"女书"是瑶族妇女秘密联络的一种文字。妇女们需要相互倾诉或慰藉，又不想让男人知道，于是就秘密结社，在结社中发展出一种保密的密电码。可见女人是不希望被男人窥见内心的。

　　回到原文上来。

　　问题不在于一个男人有几个女人，也不在于男人要了上司之后，抛弃了餐厅美女；在于那个餐厅美女在一个下着大雨的时候，苦苦地在男人的工作场外面，等了三个小时，浑身淋得狼狈不堪。当她终于等到男人时，先是喜欢，再是哀怨：自从你跟我上了床之后，一个星期内我一次也没有见到你。我每一天，都像过了一年。

男人站在她的面前发呆，说不出话。过了很长时间，男人才想出一个理由：我同性恋，程度很深，深到你不能想象的地步。

女人这才恋恋不舍地去了。

这可是个巴黎的现代女人啊！眼神锋利，金发飘飘，独立自主。这个美女很现代，说出的话，也尽显现代人的风采。但是我觉得，从《雷雨》到现在，男人和女人之间，什么都没有改变，男人还是那样的男人，女人还是那样的女人，相互的关系，既没有远一点，也没有更靠近。

四

这个世界上人类只有两种性别：男人和女人。《圣经》上说，女人是男人身上的一块肋骨。不管谁是谁的肋骨，只有一件事是至关重要的，那就是男女关系。

有些男人嘴上不说，可是心里只把女人看成一块肋骨。于是有些女人站出来抗议了，说女人们在这个世界上没有得到应有的权利，因为男人们总把女人们看成一块肋骨。

其实肋骨不肋骨的事，大可不必提起。有些女人的生存状况确实有问题，但这种问题首先是作为一个人的问题存在，而不仅仅是作为一个女人的问题存在。至于肋骨，那是一笔陈年旧账，而且是一笔没有欠条的老账。老得可以把这个说法看成男女间的一种游戏，一个带着性意味的游戏，男人和女人，不是债权和债务人。

既然是一笔没有欠条的老账，作为女人，在男人旧账重提的情况下，可以否认，可以耍赖。你说女人是男人的肋骨，证据呢？我说有可能男人是女人的肋骨呢，因为有科学家证明，人类的共同祖先是一个非洲女性。

没有哪个男人来向女人算账，男人们自己活得也累。

男女关系，从古到今，一直是男人在做男人的事，女人在做女人的事，没有更远，也没有更靠近。没有改变，也不可能改变。只不过女人更愿意表达内心的想法，希望男女之间更靠近一点。

于是就有女人来折腾了。折腾来折腾去，折腾出的还是男人和女人。一加一、二加二，把算盘打来打去，最后还是回到一加一、二加二。美国著名的女权主义活动家格劳利亚·斯坦尼姆在 1987 年发表文章说，婚姻使女性丧失一半的人权。但是她老人家现今又结婚了，以六十六岁的高龄结婚。结婚的时候，她说：希望我的婚姻能成为女性主义精神的证明，女性有权在人生的任何阶段选择想走的路。

这番话有两种可能：一、她能放着一半的人权不要吗？二、婚姻真能叫女人放走一半的人权吗？

答案是否定的，所以她结婚了。只不过她面子上下不去，又怕战友们为她害羞，所以在结婚的时候又撒了一个谎。

2001 年 6 月 4 日

如果扈三娘爱上了西门庆

我在写《谁在深夜里讲童话》时，不知道为什么想起了《水浒传》里的扈三娘。

《水浒》里的江湖世界，是由男性统领主宰的一个超级草莽团伙。在这本男性荷尔蒙爆棚的书里，却也有几个描写得很出色的女性，如潘金莲、潘巧云、阎婆惜、一丈青扈三娘、母大虫顾大嫂、母夜叉孙二娘。

二位潘姓女性和阎婆惜是同一个阵营里的，她们是世俗意义上的荡妇，一个被武松剜了腹，一个被杨雄剜了腹，阎婆惜被宋江砍了头。

扈三娘、顾大嫂、孙二娘是施耐庵、罗贯中塑造的正面女性。平心而论，正面女性塑造得没有那几位荡妇深入人心。作者好像更擅长塑造市井生活中的荡妇。潘金莲更是在后世的名著《金瓶梅》里复活了，可见文学作品是多么喜欢这类人物。

施耐庵们很促狭，《水浒传》里的女性是奇怪的：手无缚鸡之力娇滴滴的潘金莲们，干着大逆不道的事情，反抗着既有的命运，挑战男性社会的秩序；孔武有力的扈三娘们，在命运之潮中随波逐流，默默承受生活的不公。

《水浒传》里的正面女性，我最喜欢的是扈三娘。不为别的，就为她年轻貌美武艺高超。她本是一个白富美，奈何未婚夫战死，梁山贼寇灭了她满门。当宋江要求她嫁给猥琐不堪的矮脚虎王英，她居然丝毫没有反抗，马上答应了，死心塌地地跟着王英，直到夫妻双双阵亡。

对照着潘金莲们，觉得扈三娘这么软弱是毫无道理的，唯一的解释就是施耐庵们无法控制她的能量，要求她安分守己，随遇而安。

如果扈三娘爱上了西门庆会怎样？那就是强强联手。扈三娘未必打不过武松，且她的娘家是一方土豪，潘金莲只是一个出身低微的使女。扈三娘爱上了西门庆，八成就是皆大欢喜的结局。武松打不过扈三娘，落草为寇，武大郎知难而退，成全了一对郎才女貌的好姻缘。扈三娘和西门庆，从此过得幸福美满。

但显然施耐庵们不想让《水浒传》里出现这么一桩好姻缘。所以腥风血雨，令人扼腕长叹，跌脚叫苦，恨不得替他写了罢了。

至此我明白为什么在写《谁在深夜里讲童话》时，想起了扈三娘。我写的严听听和扈三娘一样，浑身都是优点，机遇众多，却选择了最差的那个。不同的是扈三娘面对的是梁山泊，严听听面对的是她自己。两人都没有反抗。

有时候真怀疑小说有什么思想，一切不过是文字的伎俩而已。

2020 年 6 月 9 日

书香脉脉

　　我在小学五年级期间看了有生以来的第一部外国文学，之前看过的三本书都是中国文学：《海岛女民兵》《石头记》《艳阳天》。这部外国文学对我产生了巨大的影响，这本书就是《普希金文集》。

　　曾经有作家认为我的小说找不到受别的书本影响的痕迹，其实，我自己知道《普希金文集》对我影响有多深。被两次流放的普希金和十二月党人的反叛，出于崇高，归于崇高。被思想启蒙的他，用文字启蒙了无数人，我就是其中一个。我迷恋其中，一度把自己模拟成"绿灯社"的一员，当然我只是个游魂，在里面除了朗诵《致大海》，成天无所事事。但不可否定的是，这种孩子气的游戏奠定了我日后的追求。当人们以为你只是一个普通女孩时，你心里常常奏响的是《自由颂》《致大海》《致西伯利亚的囚徒》《乡村》；当别人以为你愚冥不化时，你却在《驿站长》《村姑》《暴风雪》《黑桃皇后》的世界里寻找心灵的契合。生活从来都是动弹不得，偶有反抗也是徒劳。至于追求，多数只是水中之月和镜中之花。幸运的是我从小就知道，世界上有自由这个东西，也有为自由而奋斗不息的人。即使我最终没有得到想要的生活，心中自由之火也从未熄灭。这要感谢《普希金文集》这本书，这是一本好书。

前些日子，逢《苏州日报》的高琪女士嘱我推荐三本书并写出推荐的理由。《普希金文集》是我推荐的第一本书，理由充分，不可置疑。唯一不清楚的是，现在是否还出版这本书。

我推荐的第二本书是《金驴记》，古罗马作家阿普列乌斯所著。阿普列乌斯出身贵族，一生著作众多，涉及文学、哲学、自然科学等领域。《金驴记》写了一位青年因偷吃魔药而变成驴子，经历种种磨难终于脱掉驴皮恢复人形，并皈依教门。说它娱心也好，劝善也好，讲述人类生存的哲学问题也好，我推荐的理由是：它有一个好故事，作为小说的魅力一望而知，阅读中不需要费力地去揣摩。它写的伤害，但没有阴暗的气息；也写了皈依，但没有可厌的说教。清新、浪漫、俏皮、坦率。后世的《堂吉诃德》《变形记》等一大批小说中，我们可看到《金驴记》的影子。在西方诸多的现代流派小说涌入中国市场的今天，重读《金驴记》，是为洗心浴身。

《山海经》是我要推荐的第三本书。我特别奇怪中国的古人是如此的耽于幻想。它不是美国梦，美国式的幻想多半能实现，如《星球大战》里面的一些超现实科技。《山海经》却是纯粹的幻想，可以说是古人的童话。它把东方和西方的思想趣味深深地区别开来，拉开了长长的距离，布置了一道沟壑。它的价值在于现代人如何了解古人。现代人是现实的，而古人是浪漫的。但我们或许不止于此，东西方的巨大差异正慢慢变小，全球一体化，真的不是个好局面。

2016 年 4 月 10 日

开了什么花？

大前年的冬天，我在屋后东北角上种了一棵玉兰树，我对它充满不切实际的盼望。这是怎么一回事呢？还得从头说起。

我认识一个人，大家叫他 J，他长得像扑克牌里的 J。他住在西山镇边，平时游手好闲，只是四处游逛打探一些消息，做点捐客的生意。譬如哪家的地里有一块碑石，哪家的院子里有一棵一百年的黄杨，又有哪家想卖掉祖上传下来的一块太湖石。找到下家，他就从中抽取手续费，有时候还要欺上家瞒下家，从中浑水摸鱼捞好处。因为什么都做，他也就什么都不精。

我屋子的东北角上有一块半圆形空地，正好对着十字形路口，我想在此种一棵常绿大树。有人就向我推荐 J，说他消息灵通，会给我找到合适的树。果然过不多久 J 就托信过来说，树已找到，是农民家中院子里长的一棵广玉兰树，四季常绿的树，又不长虫子，胸径有二十公分。最奇的是这树半边开白色的花，另半边开红色的花，没有经过嫁接，是天然的。听了这话我半信半疑又怦然心动，我从没有见过半边开红花半边开白花的广玉兰树。

于是就去西山见了 J。这家伙有点鬼头鬼脑的，长得是有点像扑克牌里的 J——形象有点仿佛，气质可是猥琐。

到那农民家院子里去看了，果然一棵大广玉兰树，因是初春，连花苞都还没有，所以不知这树到底是开什么样的花。这家人家的态度也很奇怪，一脸不情愿的样子，问他话也不回答，只说这树在院子里长了二十几年了，是开红白两色的花。我出了这家门，心里就有些后悔，掘树掘到人家院子里去了，对不住人家。无奈已付给 J 三千五百块钱，他说找好了人马明天就挖过来。我也只好作罢。

第二天上午挖过来种在东北角上，一棵郁郁葱葱的大树，看着心里也喜欢，直说树啊树，虽说害你离开了主人家，但是我会好好待你，好好宠你的。

我把二楼书房里的书桌搬了一个位置，正对着它，一抬头就看到它。写作累了我就看看它，想象它开红白两色花的惊艳样子。家里来了人，我第一个就把它介绍给客人，一位女客还以它为题写了一首诗歌，可惜忘记了，背不出来了。反正是表达等待它开花的心情。

望眼欲穿里我等来了玉兰花开花的季节。这棵树虽说枝叶也是郁郁苍苍，枝头上也孕着一个一个小而瘦削的花苞，但这瘦弱的花苞在春风春雨里不见滋长膨大，反而日渐消瘦，最后萎黄了事。我无比心疼又无可奈何。

花事已过，天日渐炎热。刚过"五一"劳动节，它的状况就一路下滑。叶子开始卷边，干枯，掉落，先是掉了最下边的叶片，后来掉了半边的树叶。我给它锄草，培土，每天喷水滋润。打电话找 J，刚说树的事，他就打断我的话，说："你最近身体好吗？你最近写了什么……"我只得另找了花工来治理这棵树。花工在这树边挖了一圈浅浅的沟，探探土里的树根，对我说，这树根本没法活的，按照这棵树的高度，起土的根盘起码要一米五左右才能活，而这棵树的根盘一米还不到。J不舍得用起重机，只雇了几个工人，用一辆小货车搬运，当然根盘越小越好。

我首先要做的事就是对树道歉，是我的贪心害它离开生活了二十几年的家，是我害它落到奄奄一息的地步。

我没有马上锯倒它，怀着一丝希望，给它做好应做的事，浇水、锄草、松土，这样过了夏天，它的叶子全落掉了。它光秃秃地来到秋天，我每天用目光抚慰它，希望它在金色的气候适宜的秋天能出现奇迹，萌发新芽。冬天了，它干枯的枝条被风一吹就断，我这才下了决心把它连根一起刨出来，四五个人抬着放到屋门前。我不舍得把它送人，放在屋子前面，它不会感到孤独，我的小猫们天天都在它身上玩耍打闹，把它当一样大玩具。我想见得它会高兴的。

又到了春天百花开放的时候，有一天，我惊喜地发现它的身上也开了花，开成一片一片、一朵一朵小圆花，洁白无瑕的蘑菇，洁白无瑕的蘑菇花啊……

2012 年 7 月 3 日

铭 记 日

大约读小学二年级到四年级期间，我过年必定要生一场病，所以这三年的过年记忆是不痛快的。苏北乡下的小孩子最喜欢过年了，有平时吃不到的食物。穷人也讲规矩，不准小孩们乱串门，但过年是个例外，小孩子们成群结队，像小狗一样在村里乱跑乱叫，逢屋便停。站在人家门口，自有早就等着的大人，拿出炒花生、炒瓜子、馒头等物，有时候还有一角钱。

我妈除了教书，还是那里第一位"赤脚医生"，跌打损伤、生疖生疮、投河上吊，全来找她。我过年时，村子里跑一圈，一口袋的钱。我还跑到别的村子里去，人家看在我妈的面子上，给吃的，也给钱。但是很奇怪，我收到的钱，年年都不知道到哪里去了。我只管收钱，不管爱护钱，也许走在路上丢了，也许被父母没收了，反正我不记得了。

二年级到四年级，过年时我必定要生病，头晕，身上有温度。守岁时还好好的，到了大年初一早晨就不舒服，一边在门口的土坑边刷牙，一边哭。勉强与小伙伴们走门串户，也是兴味索然。但是不用吃药，过了年就好。后来村子里来了一个算命先生，大家都说灵，我妈就请这算命的来到我家。他端端正正地坐在我家门外场院中，破衣烂衫，但身上有一股子居高的意味。给他引路的童子也端端正正地坐着，挺有尊严的样子。算命先生睁着翻白的眼，掐着手指算来算去，最后说，你家门口有一土坑，于宅不利，人口不安，少则生病，大则人亡。

他说的土坑，就是我家门口的那个，我每天在它旁边刷牙的那个。我妈一听，马上把土坑填了。从此我过年再不生病。

算命先生怎么知道我家门口有个土坑？他是个瞎子啊。就算他不是真瞎，他怎么知道填掉土坑后，有人就不再生病了？世上的迷信，大都是这样的碰巧造成的。

有一次夏夜里，大家在外面乘凉，忽然天空有一颗陨石坠落，尾巴上似乎拖着一道隐隐的红光，落在河对岸的一家人家屋后。乘凉的一位大妈立刻伏下身去叩了一个头，然后站起来说，这家人要着火了。奇怪的是，过了两天，这家人真的家中失火了。灶膛里的火蹿到外面的柴火上，火势不大，冒了一点烟，很快扑灭了。

我写作后，有一阵子对这些神秘事物感兴趣，想写，但写来写去不过是一个表象而已。我们写了太多的表象了，沉湎其中没有好处，因为许多表象都是人为的。那家突然着火也是让人生疑的。

有一些人为的表象也有意思，当然，要在你了解事件的前因后果之后。邻村的一位知青兜售两根游标卡尺，我父亲就买了下来。我父亲当时正在替一家国营企业创办五金厂，没有游标卡尺就无法办这个厂，一时又没有地方买到这个玩意儿。这是原因之一。原因之二，这位知青孩子多，生活拮据，老婆为了这个常常在家闹些上吊投河的风波。当时是不准搞副业的，不准养鸡养鸭贴补生活，连屋前屋后种几棵果树都要砍掉，大家就靠着在集体的地里干活记工分糊口，吃不饱、穿不暖是生活常态。可怜艰难岁月，人为了生活铤而走险，游标卡尺是他偷盗而来。虽然事情与我父亲无关，但在那个严苛的年代，我父亲还是因包庇获罪。两年后的年三十，我妈妈在包团子，包完数一数，说，哎呀，真巧，不多不少一百只团子，你爸爸要回来了。果然过不多久我父亲就回来了。获罪莫名其妙，突然就回来了，也莫名其妙。

我的舅舅后来告诉我，我妈在年三十那天包的一百只团子，是她有意为之，她一边包一边数，凑满了一百之数才作罢。她是想我父亲了。也许心灵感应，一家人真的又团圆了。

所幸拨乱反正，又逢改革开放，中国人的生活面貌焕然一新。以后的年三十晚，我父亲必定要念叨现在生活的好，念叨邓小平的好，一是我们全家从苏北回了苏州，二是中国老百姓有了各种合法途径为小家庭的幸福生活而奋斗。

说到"幸福"这个词，即使苦难岁月里也有幸福如昙花开放。我下放的那个村子，有若干年，大家过完年三十，会盼望一位讨饭的女人来村子。女人大约四十不到，带着一位十来岁的腼腆男孩。男孩身上背着袋子，负责背馒头。女人负责与村人寒暄、说话。待到袋子里装满馒头，他们就会找合适的人家歇脚。合适，是说这家人家里够大，能容纳许多乡亲坐下，并且这家人家在村子里也要有足够权威，当然首先主人家要喜欢她去的。她从来不到我家歇脚。

说是歇脚，喝完一碗热水，女人就开始唱了。不知苏北哪里的方言，我每次都去听，只听懂她唱的《孟姜女哭长城》。大家屏气凝神，生怕漏听了一句。她唱得悲惨凄切，大家听得唏嘘感动。在只有八个样板戏的年代，能听到这种戏，是莫大的享受。但在我听来，却是不太动听，远不如苏州的评弹和昆曲。她唱完就走，不再逗留，村里人照例会送她很远，挥手道别，约定明年过年再来。女人一再回头挥手，她也是一身破衣，但缝补得很是用心，精气神都撑着，看不出她是乞丐。她身后的男孩，圆圆的头脑，一双乌黑眸子，安静，懂规矩。

苏北乡下过年，各家总得做两三百个馒头，把它们放在外面吹干，要靠着这些馒头度过青黄不接的日子。现在苏北乡下已没有人家过年做这么多的馒头了，做上几十个，也是应个景。孩子们都不爱吃，他们会驾驶了摩托车或开了汽车，上县城去吃"肯德基"。

我总记得那馒头的味道，馅大多是萝卜、白菜和野菜。放的时间越长，酸味越大。一个月过后，那馒头硬得赛过石块。所以我在苏北乡下，常想念苏州"黄天源"的馒头和黄松糕，苏州过年时，可以凭票去买"黄天源"的糕团。

我十四岁离开父母亲一个人回了苏州，从此在苏州过了无数的年。苏州是鱼米之乡，又讲究吃喝。苏州人过年，好比是烈火烹油，好吃的东西应有尽有，但总也留不下食物之外的记忆。

2018 年 1 月 31 日

垃圾里的幸福之音

有一天中午，回到家，因为米桶里没有米，赶紧又走了出去。冬天的中午，狂冷的风把太阳刮得黯淡无光。所谓的太阳光，只是给人心里施予某种安慰的黄颜色。因为是寒冷的冬天，还因为是饿着肚子，我的心情很不好，这冬天确实让你看不出一点点的愉快，路是灰色的，房屋是灰色的，人也是灰色的。公房后的垃圾滑落一地，腥臭的味道越过寒冷钻到人的嗅觉里。这种不愉快真是没完没了的。

我匆匆地走过垃圾堆。垃圾堆前站着一个人，不用看第二眼，他就是我们平常所说的"捡垃圾的"。我们不说"捡垃圾的人"，而说"捡垃圾的"，为了省事，把那个"人"去掉了。可想而知，这些人在我们的生活里是毫不重要的。

这也是个令人不愉快的人：穿着一身灰色的旧衣服，薄薄的，看不出里面穿了毛线衣的迹象。他的脚下放着大蛇皮口袋，袋口上搁着一把铁钳子，这就是他的身份。现在是中午十一点多钟，他不可能吃过午饭。可是他捧着一样东西放在耳朵边，丝毫没有冷、饿的意思。我匆匆走过他的身边，匆匆瞄一眼他的脸：黑的、瘦的、平静的、专注的。

　　大约一刻钟过后，我再次走过捡垃圾人的身边。因为他还是全神贯注于那样东西，所以这次我停下了脚步，我想知道这是一样什么东西。我相信我的记忆，一刻钟前他的双脚、双手、头和腰的姿势是怎样的，现在还是怎样的。风是这样的冷，灰色的一切，肚子饿着，这就使我好奇地想知道，他是为什么把这些置之不顾的。他的脸是黑的、瘦的、平静的、专注的，他双手捧着一个盒子，放在耳边聆听。

　　这是只粉红色的首饰盒，价钱不菲。它外观还很好，几乎是新的。一定是他刚才从垃圾堆里捡来的，我知道这些垃圾里经常有一些很新很值钱的东西被人发现。你抬头看看这里的几幢房子，每幢房子的底下都有汽车库。进进出出的人都开着车，趾高气扬，冷漠而戒备。他们不讲究衣着的细节、脸上的表情和语言的表达方式，他们的脸上写着空虚和没有教养，使你猜不出他们属于哪一个阶层，他们的富裕来自何方——追究这些问题是没有意义的，因为现在你永远不知道别人家是怎样突然富有了，可你明白你为什么一直穷。

　　曾经有过这样的事：这幢楼里的一位少妇，费尽心机地导引着我的眼神去看她的奥迪车，最后我不是对她的轿车发生兴趣，而是对她的人发生了兴趣。我发现她的眼光里有着乞求、慌张和一丝小小的狡猾，这一瞬间我可怜起她了。

　　这只首饰盒也许就是她扔掉的，外观很新的，没有扔掉的理由。首饰盒现在拿在一个穷汉的手中，这只首饰盒对他来说是没有用处的，但是他把它奉若至宝。

我走近他，听见冷风中有微弱的音乐飘过来，是我们都熟悉的一首祝福的曲子，就从那只首饰盒里笨拙地流了出来。快要结束时，他又紧了紧发条。在这个冬天寒冷的中午，他站了起码有二十分钟。他满足而安静，不挑剔，不抱怨。这个灰色冬天里的一道风景让我感动了许久，他被音乐打动了，我被他打动了。

1996 年 5 月 13 日中午

随笔：旧生活

快七年了，我沉浸在旧生活里。所谓的"旧"，与"新"相反，与"时尚"背道，与"现代"不沾边。

我住的小区，刚来时，夜里没有灯。小区周围都是小路，路上也还没有装路灯。我的院里杂草丛生，遍地大大小小的石子。我从小在农村长大，回到这种环境并不陌生。

我一边读书写作，一边种树种菜。多少年过去，我的院子里郁郁葱葱，一年四季都有花开。有狗猫鸡鸭，吃不完的东西，永远不会浪费：猫不吃的东西，狗会吃掉；狗不吃的东西，鸭子会去吃；鸭子不吃，鸡会吃；鸡不吃的鸟会吃；鸟不吃的蚂蚁搬走……我常常泡一杯茶，坐在地上，看天空里云来云去，恍惚间回到了童年看云的日子。

有一天，我忽然明白，我现在塑造的生活，是对小时候生活的模仿，连缓慢的孤独的感觉也是一种模仿。

奇怪的是，慢悠悠的旧生活，非但没有让我暮气沉沉，反而让我对生活生出新鲜的感觉，带来无穷活力。当我搬个木凳子，坐于黄瓜架下，如果我耐心地坐上半天观察手指头一样大的黄瓜，我会发现它就在我的眼皮底下长大了一截。当春天的种子撒进泥土，只要两天后它们就会出芽，我每天都会去看它们很久。看它们茎叶慢慢长大，有了花，结了果，回想撒种的时候，我不由得感叹：泥土真伟大。

人只要会感恩，一切就好办。感恩的作用，在于力量重新回到你自己身上。我相信不断感恩的人，心永远年轻。

　　由此说到写作。

　　写作的模式永远是思想是超前的，事件是过去的。就像科幻电影，说着未来的事，演职人员、道具、场景，全是现在的。我们每时每刻的经历，每时每刻都在成为过去。过去的，反而是永恒的。

　　但是，我们的思想产生于大脑，大脑是一种物质，它有新陈代谢的特性，它每时每刻都在新陈代谢，也就是说，它不断地成为过去。我经常胡想：过去的大脑里如何产生超前的意识。这种状况有些像一列头和身子脱开的火车，一个朝前去，一个向后滑。

　　且不去管这些似是而非的思想，也许它是一个立得住脚的悖论，也许就是一个漏洞百出的胡想。但我们人类的发展史已证明，胡思乱想也是有价值的。

　　当我们的思想往前行驶的时候，实际上走的并不是一条新鲜的路。人类的经验就如铁轨那么有限，铁轨之所以看上去那么无边无际，那是因为它不断地在地球上绕圈子。

　　于是，未来马上会成为过去，而过去在某个时间内会成为未来。佛说的轮回，也是这个意思。

　　我之所以对过去感兴趣，不是出于伤感，而是对未来有着某种憧憬——希望过去中消失的美好的那部分，会重新成为未来。

　　我最喜欢听的是我母亲的回忆，她会指着她小时候住的地方说，这里原本是一条河，河水干净到什么程度呢？能直接吃到肚里。鹅卵石路面。一百米相隔的两条巷口，各有两座大牌坊。石牌坊，都是有大石脚的。

不过一甲子的时间，她指着的那条河无影无踪，上面是一条柏油马路，马路两边挤满小店铺，油炸鸡、烤蛋糕、蜜饯……众所周知，这些小店里用的油有问题。与过去相比，无论如何，此情此景是不美观的。

大牌坊……也许记忆都无法把它们完全复原了吧？

这里有一座清代大衙门，门口一对做工精致的石狮子，一公一母，这对石狮子面目温和，行动诙谐有趣，绝没有公事公办的冷漠面孔。这条路上还出了一个有趣的电影人叫金山，曾经的电影皇帝，他演过屈原和《夜半歌声》里的主角。但是没有人记得这些了。

看一看我们的生活，记忆里有什么？我们的记忆里都是苦难和屈辱，为此我们一触即跳。人类按照想象布置自己的生活，而想象其实是经验的一部分，是过去的一部分，我们对未来的憧憬是对过去的模仿。我们忘记美好的过去，是不是预示着没有美好的未来？

我多次走过我母亲出生的这条小巷子，看着粗陋的一切，恍然回到我母亲的过去。我们也曾有过那么美好的过去，有能吃的河水，干净的石子路，彬彬有礼的城市居民，巍峨的石牌坊……

我把这些场景写到了小说里。

只要想念着，或许将来有一天，这些东西又会回来。

我认识一个人，他是当年某造反组织的司令。有一次听他聊，他说，他当年有一个死对头，也是一个造反司令，两个人领着一帮人马又打又杀，都认为只有自己才是真正的马克思主义者。后来"文革"结束，他进了大狱，有一次放风，他一眼看见自己的对头也在放风之列，两个人同时站下，对望了几眼，结果发生了什么，你猜？

我没有过那种惊心动魄的经历，没有杀过人、放过火，没有狂热地信仰过什么……我猜了，是打起来了吧，或者默默地各自转身而去。

不是。都不是。他们对望了几眼，不约而同热泪盈眶，冲上去抱在了一起。

他说，他们感到自己是被愚弄的一代，也是愚蠢的一代。

我把这些写到了小说里。现今是个信仰缺失的年代，寻找信仰的人们，在给信仰描绘前景的时候，记得过去有人为信仰走过弯路，为弯路付出过鲜血和青春。

还有一个淡定的女人，是资本家的女儿，解放以后住到一个小而破的房子里，居委会让她自食其力，安排她进了菜场当售货员，后来又批判她，让她扫厕所。不管什么情形，她都淡然处之，没有愤怒和埋怨，每天都照例把自己打扮一番，要穿高跟鞋。她扫的厕所，干净得要命，整个城市找不到第二个这么干净的厕所。"文革"结束，改革开放了，她的至亲从美国回来找她，心疼她这么多年的遭遇，给她多少金钱上的补贴。她也无狂喜，还与过去一样。这个无大悲无大喜的人，我要把她写进小说里……

我所构思的、我所写的，全来自过去。我看到别人的过去，正在成为我的现在，这很精彩。我会非常小心地看着，十分珍惜地看着，全神贯注地看着，我的现在如何成为过去时。

但愿所有的过去，都只把美好投影在未来。

2014 年 12 月 25 日

人物、鬼物

我大约四岁时有了记忆。最初的记忆就是关于鬼的，当然那时候并不知道"鬼"这个词，更不知道人心中有"鬼"这样东西。

我的幼儿园就在弄堂内。弄堂有两个出口，正门出口在南，一出门就是大马路，马路上两排整齐的大梧桐树。另一个出口是后门，在弄堂底部，门朝东，一出门就是一条河。这条河通运河，因而河上往来着大大小小的船。有一阵子谣传船上人家拐岸上的小孩子。

这条弄堂很长，实际上是一条廊道，上面遮着廊棚，无风，无阳光，大白天里，弄堂里也是阴森森的。两边住着无数的人家，有时候推开一扇门，门里还有弄堂，甚至有池塘、小山包。

我家住在弄堂底部，底部一个很大的院子，有风，有阳光，住着七八家人家。有一家人，做一种很好吃的气泡小馄饨，生意很好。这家人的儿子，当了技工，后来参加了长江大桥的建设。气温适宜时，后院这些人家都坐到院子里去说话。我和弟弟常去玩耍。我弟弟刚会说话就会背唐诗了，经常被人抱上吃饭的桌子表演背诗绝活，我就在底下看他。我比他大三岁，啥诗也不会背。不是我父母亲不肯教我，而是我永远教不会。我父亲曾教我一到五的阿拉伯数字，教了半天我还是一个字也不会写，我父亲当场气得嘴唇乌青。但是我弟弟在边上看父亲教我写一到五的阿拉伯数字，看几眼就会写了。

弄堂前面的人与后面的人不大往来，后面的人家比较快乐，前面的人家都显得阴郁。

幼儿园在弄堂的最前面，靠近大马路。我很不喜欢上幼儿园。第一，我午睡时十有八九是睡不着的，睡不着的话就要被老师拎起来放到角落里坐着。第二，幼儿园的孩子们大小便用的是奇大无比的木桶，我每次爬上去使用总是担心掉到木桶里。

于是就旷课，在外面游逛。有关我在幼儿园的一切，都有人告诉我母亲。有一阵子，我从幼儿园回家时，不直接从弄堂里走，而是出了大门向东，沿着那条河，绕道从后门回去，都有人告知我母亲。

我母亲是个粗心的人，她居然没问我为什么回家要绕道。当然，即使她问我，我也说不出什么。

我是见到了让我害怕的东西。

弄堂中段有一位老太太，我们并不认识。有一次我从幼儿园回家路过她家，正好她开着门，我有游逛的习惯，就走进她家里看看有什么可玩的。

老太太死死盯着我的一举一动。后来，我就不由自主地与她对视。她的目光并不凶狠，但是深不见底，死死地吸住我。

我突然害怕，就回家了。

过了几天，我夜里做了一个梦，梦见有一张脸从我家后窗伸进来，一直伸到帐子外面。我站起来摸这张脸，摸了几遍，知道这是那个老太太的脸。然后就醒了，醒来时，前面窗帘上已有些晨光了，在晨曦之中，我清清楚楚地看见老太太的脸在窗帘外面……

后来，我听大人们说，老太太死了。我好像明白了一些什么，于是就不敢从弄堂里回家，宁愿绕道也要避开老太太生前住所。

我母亲一直不知道这件事。

孩子们都有秘密，大人们都不知道。孩子长大了，很多秘密也就遗忘了，或者不屑提起。但有少数孩子，他们忘不了曾经有过的秘密，并想用种种手法暗示于人，于是就开始了写作。

2017 年 6 月 8 日

爱情，人见人忧，妖见妖愁

近年来重新看了一遍四大名著，发现古人对爱情是悲观的，可以说是十分的悲观。

《红楼梦》里男主女主的爱情是个悲剧，这不用说了。连配角们的爱情都没有好下场。像司棋、尤三姐、智能儿、晴雯、金钏儿，哪一个不是被爱毁灭？尼姑妙玉，不过是动了一点凡心，日后就遭了色劫，被一帮强盗掳去污辱。我想许多人看到妙玉这个结局会骂娘，责怪写家高鹗狠心、悲观、丧。

《三国演义》和《水浒传》两部名著，我左看右看，没有看到爱情的存在。四大名著里，我最喜欢《水浒传》，里面看不到爱情的影子。里面非但没有爱情的影子，还把可能成为一场风花雪月的事，生生写成了荡妇淫夫们的作死之路，不能不说这是《水浒传》的一个缺憾。潘金莲和潘巧云，一个被武松开膛，一个被杨雄开膛。她们代表着古人惩罚荡妇的极端想象。她们和情夫一道，犯下淫邪之罪，穷凶极恶且死不悔改。《水浒传》里的正面女性一丈青扈三娘、母夜叉孙二娘、母大虫顾大嫂，作为男性武力世界里的女性，以武力辅助男性。孙二娘和顾大嫂的怪异行为，使得她们的人物形象出色不少，但也仅此而已，纯属雷声大雨点小，出场亮一下，很快淹没在人海里，不及二潘让人记得住。

《水浒传》里最让人有想象空间的是扈三娘这个人，年轻貌美。她本来是要替未婚夫祝彪报仇的，仇没报上，一家老小除了大哥逃走，全被梁山好汉们杀个干净。但她马上转投了梁山，并且由宋江做主嫁给猥琐的矮脚虎王英。她连丝毫反抗都没有。为什么没有？我无数次地问这个问题。后来仿佛有点明白：潘金莲们以爱触犯世界，与此对应，一定会有扈三娘们以顺从迎合世界。施耐庵的聪明之处在于，他让手无缚鸡之力的女性犯规，让孔武有力的女性顺从。

这样问题就解决了。所以我顺理成章地进入下一个问题：如果扈三娘爱上了西门庆，会产生什么样的结果。

首先扈三娘能斗会打，不下于武松。很有可能她把武松打得落花流水，落荒而逃。然后武大对扈三娘说，罢了吧，我们好离好散，你就跟了西门大官人吧。

于是扈三娘和西门庆，成就了一桩惊心动魄的爱情，郎才女貌，幸福地生活在一起，作为佳话流传至今。

但问题是人家施耐庵没这么写。施耐庵是悲观的，他不相信爱情会有什么好的结局，他连疑问都不表达出来，直接就让姓潘的两位女生被开了膛，让武艺高强的扈三娘没有丝毫反抗地嫁了灭门的仇家。这样就让我们产生了疑问：施耐庵为什么这么写？

插一句题外之话，《金瓶梅》的好，也许就是消解了西门庆身上的血光之灾，把这个好色贪享受的家伙从地狱里拯救出来，洗一洗，洗掉他身上的血迹，解除施耐庵加在他身上的血光之灾。

《三国演义》里有点爱情影子的是刘备和孙尚香。孙尚香爱刘备，她要是不爱刘备，绝不会护着刘备一起逃出周瑜的陷阱，诸葛亮的计谋也就难以实现。那么刘备爱孙尚香吗？

　　罗贯中没有写。刘备的态度模棱两可。其实这个时候写一写刘备也爱孙尚香是顺手之劳，很方便的一件事。他没有做这件事，不是愚蠢或疏忽，而是不屑。不屑隐藏着罗贯中先生的悲观。一个相信爱情的作家，不会通篇没有爱情这回事。但是罗贯中比施耐庵温和一些，他的巨著里没有奸夫淫妇。可能，他对描述奸夫淫妇们也不屑吧。

　　孙尚香中了诸葛亮的计谋，死心塌地地护着新婚丈夫刘备回到荆州。时人讥笑周瑜：周郎妙计安天下，赔了夫人又折兵。这种讥笑也是针对孙尚香的。她赌的是爱情。可惜也是没有好的结局。

　　看《西游记》其实很累，唐僧师徒历经九九八十一难，其中起码有八次是女妖想与唐僧成亲的。还有女儿国国王想与唐僧成亲。每次看到女妖捉住唐僧，凡心大动，我就禁不住冷笑：吴承恩让你动凡心，没让你逼婚。

　　女妖们一逼婚，命运就直线下降，本来过得好好的，占着个山头，把小妖们呼来喝去。山间的水是那么的甜，不羡鸳鸯不羡仙。可惜一旦爱情产生，重则丢命，轻则被主人收回奴役。

　　所以吴承恩对爱情的看法也是悲观的。

　　我在写《是谁在深夜里讲童话》时，也明显地感到对爱情的悲观。这种悲观经由时间漫长的持续传递，已深入写书人的骨髓。

我知道这种悲观是不对的。这种悲观是一条无形的锁链，要挣脱它，需要勇气和力量。

2020 年 6 月 5 日

今生一盏茶◎

最短的节日

活着真好。眼下出行受到限制，但生活基本上一切照旧。

2020 年 2 月 8 日，中国人的元宵节。一大早，朋友们就在手机里互道节日快乐。喜鹊站在屋顶和树梢上，神气活现地鸣叫，在安静的环境里，它们的声音格外嘹亮，仿佛锋利的小刀切割着空气。这些天，不知道什么原因，空气好像干净了不少，淡蓝色的天空，有些水汪汪，感觉到今年夏天会重新见到萤火虫了。当然萤火虫依靠的是土壤而不是空气。小院子里的牡丹们，枝条上都萌出了红色的新芽。春暖花开的日子不远了，战胜疫情的日子也不远了。

菜场里依旧丰盈，应有尽有，价格还算平稳，只是猪肉贵。昨天猪排三十四元一斤，过节，就涨到了四十五元一斤。往常随便买一把蔬菜，摊主都会大方地赠送几根青葱。从疫情开始，这个人情没有了，讨要的话，会给一两根。

中午，驾车进城，去父母家里送口罩。我住的小区，2 月 4 号开始限制进出，出门拿许可证，进门测体温。小区外面的村子也是这样做了。昨天我收到居委会通知，每户人家一个星期只能出去一次购物，两个小时，同行者不超过两人。我今天去了父母家，再要出去，就得下个星期。

我已经很长时间没有去父母亲家里了。中国人重人情往来，往年的正月十五少不得亲朋好友来来去去。正月十五一过，年就结束了。正月十五是春节的最后狂欢，光是吃饭、外出游玩这两项行为，就能产生无穷尽的细节，可圈可点，可供回味。今年没有那么多俗世生活的细节。疫情的持续，每天都有无数的新闻产生，还没来得及相信，起码有一半的新闻就被辟谣的声音代替。当你想知道辟谣的声音是不是正确，对不起，已经有新的新闻了，有待进一步证实其正确性或被辟谣。你信还是不信，都是一个问题。仿佛全中国都卷入了一个制造新闻的机器里。不管是谣言还是真言，此时的特点是：没有窃窃私语，都是高谈阔论；没有畏缩退却，都是掷地有声。有时候让你不得不信了谎言，谎言似乎就成了真理。但是假的真理不要沾沾自喜，它很快就被翻篇，又有新一轮的真言夹杂着谣言出笼。看着每天那么多的新闻铺天盖地而来，不禁发出疫情时期的感叹：真理啊真理，请你多待一会儿，慢些儿走。

绕城高架路上空空荡荡，开到父母亲的小区，起码比往常少了二十分钟。我停在小区外面，没有下车。母亲出来取了口罩，我就回家了。下午待在家里，小睡一会儿，然后写作。今天阳光灿烂，春意盎然。活着，生活依旧，离武汉六百公里以外，看不到生离死别，并不等于幸福和轻松。"二战"时，希特勒轰炸伦敦两个半月，其间超过四万三千名伦敦市民死亡。伦敦市民除了沉着应对外，读书唱歌，甚至去舞厅跳舞，平静地过着日常生活，体现人类在死神面前的尊严和力量。虽说我喜欢英国人对待苦难的方式，但疫情当前，还是无法做到镇定自若，焦虑、空虚，一夜一夜地失眠，好像只有失眠才配得上现在的心情。

晚上，在小区里绕着圈子散步。围墙外面，街道四通八达，灯光铺了一地，但空无一人，连狗猫都没有。忽然传来元宵节的爆竹声，打破了冷铁一般的寂静。屡禁不止的爆竹在这个时候听来，竟然有了一丝可爱。以前听到爆竹声，至少是隔阂的；现在感同身受，听出了里面活着的愿望。本想今晚上去太湖边看看夜里的芦苇，看看平静的湖面和月亮，但是不能出小区了，只能叹一口气，遐想。

遐想春暖花开时，病疫已退，那时候我们如何重建？如何原谅？如何反省？如何铭记？如何忏悔？勇敢者的牺牲，是否会换来全社会对美与爱的追求？浮躁和喧嚣，会不会减到最少？

终极问题是：人类能否证明，地球需要人类？

现在最好的生活方式是，待在家里，安静地过好自己的每一天。为武汉祈祷，为出征武汉的勇敢者们祈祷，为善良的李文亮医生祈祷，愿他在天堂里延续他的梦想，继续关爱人间。

这就是 2020 年的元宵节，我的家乡一片寂静。大家迟迟地起床，早早地安睡。这个节日那么短暂，它缺少节日的形状，缺少俗世生活的种种细节，满世界的热闹都退到恐惧升起的地方。这一天，几乎留不下记忆，只有清风拂过。但是我们还有明天，许多人已没有明天。

2020 年 2 月 10 日

《钟山》与我

年华易逝，眼睛一晃，距我第一次在《钟山》上发表小说，过了二十一年了。那次发表的是中篇小说《成长如蜕》，算是我的中篇小说处女作。我十八岁那年跟着一群人自称为文学青年，上业余文学课，谈论文学，开始认真看我妈妈的许多藏书。写了一些东西，自己也知道没写好，所以没有投稿，一直放在抽屉里。后来突然发现文学青年全都散了，原来人家都去恋爱了。于是我也去经历恋爱并结婚、生子。直到三十岁，觉得时间流逝得太快，才恐慌起来。为了留住时间的步伐，我又开始写作。这次很幸运，写了两个短篇，都在《雨花》上发表了。然后写了中篇小说《成长如蜕》，由当时的《雨花》主编姜琍敏先生转给了《钟山》主编徐兆淮先生。责编是贾梦玮先生，他当时刚从南大硕士毕业，分在《钟山》做编辑。现在他早就是《钟山》的主编了，把这本杂志做得稳妥低调而奢华。

《成长如蜕》发表后，我听人说，转载率挺高。后来又有一天，我走在路上，一位熟悉的女文友叫住我，对我说，我在《钟山》上发表的《成长如蜕》是头条。这是我第一次听说"头条"二字，但我不以为然，因为我看书都是从中间看起或者从结尾处看起，放在最前面的文字，我认为不那么重要。而且我也觉得我不会一直写小说，我任何时候都能扔掉小说再也不写。

若干年过去，我才明白，一本杂志，什么样的文章放在什么地方，是对编辑和主编的考验。一位作家一生中，会有写作的初级阶段、成熟阶段和衰退阶段，当然希望在成熟阶段能登在一流杂志的显目之处。这是编辑者的眼力，也是一本好杂志对作家的肯定。

我幸运的是，刚"出道"，小说就被《钟山》这本一流的杂志登了头条。《钟山》是引人注目的，在《钟山》上发表小说也一样引人注目，何况是头条。

紧接着我在《钟山》发表了中篇小说《现在》。那时候急着在文学上寻找到自我的价值，写了一批风格迥异、题材庞杂的小说，左冲右突之中，倒也其乐融融，也忘了写不写小说这件事了。但随后问题也来了，我找不到写作的意义。所以到了 2005 年，我在《钟山》发表了中篇小说《云追月》之后，就不再愿意写下去。

一直到 2007 年底，我决定在写作这条路上继续走下去，不管发生什么，我得用我生命中所有的时间表达对它的忠诚。2008 年春，为了养好我的身体，也为了找一个安静之处想好一些人生之事和文学之事，我搬到一个临近太湖的僻静之处居住。这年我给了《钟山》一个短篇小说——《马德里的雪白衬衫》。给《钟山》一个短篇，并不是说它在我的心目中分量轻了。它在我的心目中分量还是那么重，我是从《钟山》走出来的作家，虽说我当时心思懵懂，人也不免有些浮躁，但感恩之意，常常如晨钟在心头鸣起。许多人，许多事，不思量，自难忘。

二十年后，2017 年初，我儿子用笔名叶迟写了一个中篇小说《望月亭》。我对他郑重地直截了当地讲，为娘发表的第一篇中篇小说是在《钟山》上，不管你写得好不好，希望也先给《钟山》投。《钟山》出于什么原因不要了，再给别的杂志投。儿子尊重了我的心愿，最终也发表在2017年的《钟山》上了，与我在《钟山》发表中篇小说处女作正好相隔了整整二十年。这样，我和儿子，两代人的中篇小说处女作，都发表在《钟山》上。

《钟山》创刊四十周年，正是如日中天，衷心祝她文学的生命如火如荼，如松柏常青。

2018 年 8 月 20 日

会走路的梦

说起小说，我首先应该声明我对小说并不懂。因为无知，所以勇敢，写了一些自认为是小说的东西。若有人让我做创作谈，我还是高兴的，因为人在说着话的时候，脑子就退到二线了，仿佛觉得也懂许多东西。

我从 1994 年正式开始写小说，发表的第一篇小说是在《苏州杂志》上，第二、三篇是在《雨花》上，都是短篇。第四篇是中篇《成长如蜕》，发表在《钟山》上。说这些的目的不是认为自己了不起，而是说明在文学这条路上，我得感谢许多人。我平时想不到感谢许多帮助过我的人，但一过年，当我整理往事的时候，我就想到许许多多有恩于我的人，我祝福好人一生平安，也告诫自己要永远进步。如果有一天我不再写小说，也会以感恩的健康的心态从事另一项工作。

在文学上面，我有一个长处，就是善于看到别人的长处，这是一种真诚。我看书，是属于没有什么自尊心的那种，什么书都看，且不挑肥拣瘦。就是"文革"中的书，我也能看出其中的好来。所以，名家的书对我来说不具备意义。国外名家的书，对我来说意义更小，我不能进入另一种陌生的生活，也无法明了语言前面、语言里面、语言后面到底是一种什么样的生活状态，它的真伪如何。一本外国人的书总是会让我感到某些不安，外国人的名字我也总是记不住。我一直自以为是地认为，汉字是世界上最合理、最可爱的文字，用它作为描写的载体，描写的对象就活了，就像在现场观看戏剧。

这是我作为读者的感想。回过头来，换个角度，从我是个写作者的身份说，我还有另一个长处，就是真诚。真诚并不难，难在坚持。人思考的时候，上帝会发笑。你一真诚的时候，别人会发笑。但如果用写作的才能和真诚交换，我宁愿选择真诚。真诚给我带来天长地久的朋友，给我带来满足，让我对世界充满感激之心，让我淡化名利的欲望。我喜欢我写作之初的真诚，如果一定要改变，希望不要改变太多。如果我改变太多的时候，希望有人当面提醒我。

读者或作者，作为一个人，我喜欢简单，喜欢简单得与众不同。这种简单是有风险和压力的，因为我得无视一些合理的游戏规则。这种简单也不一定能够给我带来多少的自由和轻松，你一简单，别人就怀疑你在复杂了。但我就是喜欢简单——沉重的简单。

现在，我要说一个最简单的问题：为什么写作？我听过无数的回答，全是经过了思考后的回答。思考是染色剂，让被你思考的东西染上色彩。对于为什么写作，我从来没有听见人冲口而出："我活不下去了！"或者："俺要拿它换大米！"我相信有许多作家写作的理由都是如此简单的，就是不好意思这么说。我承认我写作的动机就是这么简单：活不下去了。写作以后也继续有活不下去的感觉。我不愿丢弃这种感觉，它让我在感觉良好的时候突然沉静，它不会让我得意很久，时刻看住我的腿，让我不敢深涉污泥淖水，它也过滤我要的名利，使我不能都要。

最后，我谈谈写作上的事。毫不夸张地说，一个人的写作态度即代表了他（或她）全部的人生观。

在我的人生观里，我认为，一个人和世界的关系是感情和感情的关系。在世上，感情是付出，也是最大的锻炼。人是需要锻炼的。当然，作家是通过想象到达现实世界的，但这并不是说作家就能超然物外。作家不能超然物外，作家应该是入世最深的人。在所有的感情类型中，我最喜欢儿女情长。具有儿女情长的作品，哪怕它不是一流的小说，也是滋润心灵的。《红楼梦》好就好在儿女情长，而金庸的小说，至少还有儿女情长。一部作品，感情就是它的体温。

我是女人，女人喜欢做梦，做梦是不切实际的。所以，小说就成了中和我这个特性的手段。我必须通过小说到达现实并理解这个世界，从而实现我个人的目的。所以我的小说呈现出的状态是清醒和理智的，有些甚至是残酷的。我经常游离在我的小说以外，也让读我小说的人游离在我的小说以外。说实话，我认为这是个优点。但让我痛苦的是：我发现写小说成了我另一种梦，一种会走路的梦，你不知道它将带你到何方去。

2004 年 2 月 17 日下午

人间之声

两千五百年前，伍子胥从楚平王的剑下逃脱，来到吴国，象天法地，始筑吴都。偕孙武，西边攻克楚国疆土，北边威镇齐国、晋国，南边收服越人。伍子胥最终命丧吴王夫差之手，头颅悬于吴都胥门，楚人攻到城下，"望吴南城，见伍子胥头巨若车轮，目若耀电，须发四张，射于十里。……即日夜半，暴风疾雨，雷奔电激，飞石扬沙，疾于弓弩"……

姑苏两千五百年前的声音，剑拔弩张，风云变幻，从纸上听得，犹觉闻之心颤，思之夜不能寐。

伍子胥所筑之城乃东方水城，城里城外水网纵横，码头遍布，有太湖、阳澄湖、金鸡湖、独墅湖若干，更有河、江、荡、潭、漾、塘、溪、港、浦、泾、浜无数。水声和船桨之声，是这座古城的日常之声。光是船就有画船、木帆船、快船、灯船、农船、货船、桨船、渔船种种。蚕子上山结茧，稻米青了又黄，鱼虾绵延不绝。于是有了昆曲、评弹诸音。富足之乡，也曾金戈铁马，也曾寻找温柔之乡。伍子胥建的是有形之城、兵家之城，老百姓建的是声色之城、无形之城，却一同永恒。

更有曹雪芹，《红楼梦》开篇第一回，写姑苏阊门："当日地陷东南，这东南一隅有处曰姑苏，有城曰阊门者，最是红尘中一二等富贵风流之地……"

这一二等风流之地，便从中听得声色犬马、人声鼎沸。

以前，80 年代，我当文学青年的时候，骑一辆自行车，从家里到伍子胥的胥门是六七分钟，到唐伯虎的桃花坞是一刻钟，朝西边再过去几分钟是风流之地阊门，阊门西边的寒山寺，从家里骑车过去要半个小时。

"月落乌啼霜满天，江枫渔火对愁眠。姑苏城外寒山寺，夜半钟声到客船。"

有一阵子，过年的时候，我一定得花些心思去寒山寺听钟声。每当年三十的夜里，寒山寺的寺里寺外就成了一个大集市，各种小摊子，人们或骑车，或走路，带着孩子和狗，闹闹哄哄，喜气洋洋地聚拢于此，听寒山寺一百零八下钟声。寺外数钟的声音有时盖过了寺内的钟声。

苏州的孩子大多数从小就会背：月落乌啼霜满天……我也从小会背。我从会背这首诗的一刻，就不喜欢这首诗。诗里的钟声让我后背生寒，觉得人世空寂无情。这种空寂比诀别更可怕，比毁灭更惊心——它甚至没有诀别和毁灭便丧失了生机。

挤在人堆里听寒山寺的钟声，改变了我的人生。我从此以为，世俗之声，是每个人的心中所爱。大家闹着，叫嚷着，欢快愉悦，一起数钟，把那对愁眠，把那无情的霜满天和空寂的钟声，打发到九霄云外去。

也是在 80 年代我当文学青年的时候，知道了金圣叹。他生于唐伯虎之后、曹雪芹之前，因"哭庙案"被杀，临刑大叹："杀头，至痛也；籍没，至惨也；而圣叹以无意得之，不亦异乎！"

那时年轻，只拿他临终的叹息当滑稽有趣。忽然有一天，我做了一梦，梦见夜里独自走上高高的万年桥，桥上厚厚积雪，上得桥顶，四下张望，竟想不起上桥为何。这万年桥就在胥门，传说中伍子胥挂头的地方。伍子胥筑成姑苏城，周长四十七里，内城十里，意义何在？

正在桥顶张皇，只听身后有叹息，回头一看没有人在，遂醒。因为手边正有一本金圣叹批的《水浒》，知道有些事不可取笑。

1996 年 5 月 13 日中午，我写了篇小散文，《垃圾里的幸福之音》。写的是一个穷汉，捡垃圾的人，被垃圾里一只废弃的首饰盒吸引，因为这只首饰盒里有音乐之声。当音乐声快要结束时，他又上紧发条重新听一遍，他在寒冷的冬天里站了二十多分钟听音乐。他被音乐打动了，我被他打动了。

说实话，现今想来，这篇散文读来有那么一丝矫情，但是，这是我的亲身经历。当时，我真的站在那里二十多分钟，看这捡垃圾的穷汉听音乐，他脸上的幸福表情曾经打动我很长时间。

后来我搬家到了靠近太湖的一个镇乡之间，我在这里听到的声音是前所未有的丰富，蛙声、虫子声、各种鸟鸣声、夜里神秘的脚步声、路上打工仔打工妹的哭泣声和笑闹声、狗猫们的吵架声和夜里说梦话声……无缘听得金戈铁马声和唐伯虎的桃花落地声，生于此时，听到人间这么多的声响，算我有福。

2017 年 2 月 23 日

我和苏州

细想起来，我和苏州的关系，竟然一阵恍惚。

但苏州是我的家乡。

小时候跟随父母亲"下放"到苏北农村，我对家乡苏州的唯一想念就是"黄天源"的白馒头。这种从小形成的念想就是对苏州的印记：洁净的、暄软的、丰盛的。

改革开放以后，我们一家又回了老城苏州。苏州是我的出生地，我在这里长大到五岁，虽然现在不至于格格不入，但是苏州对我来说，不是一方暖心的地方。我在这里也结交了一位女友，但我无法结交到更多的女朋友。苏州城里的小姑娘全是时尚的，全是伶牙俐齿的。我在白馒头成堆的地方，想念苏北乡下的伙伴。有一次我跟在一位少女的身后，因为她像极了我苏北乡下的一位女伴，明知这不是她，还是痴心地跟在后面走。

我五岁跟随父母亲"下放"苏北农村。自十四岁返回苏州后，到现在为止，已生活了整三十年，今后的日子也要在这里过的。但是想起苏州，心里却很是恍惚，好像对自己的爱人，因为莫名其妙的那份放心，竟从不去追究他的深处。或许整天眼睛里都是他，懒得去细想。真要去细想，又觉得害怕，因为觉得自己与他有些同床异梦。

我少年的梦留在了苏北，我青年时的恋爱也不曾与苏州有关。上天早就安排好了的——我，一个居住在苏州的女人，今生与苏州若即若离，想起苏州，就一阵恍惚。

《红楼梦》开篇第一回就这么写苏州："当日地陷东南，这东南一隅有处曰姑苏，有城曰阊门者，最是红尘中一二等富贵风流之地。"

这一段，读过无数次，总也置身事外。

苏州人也不像外地人眼中那么懦弱隐忍，息事宁人。在历史上，不畏强权、以卵击石的苏州人不在少数。有苏州城里的"五人墓"为证，有顾炎武等一班人为证。苏州人越来越安逸，越来越喜欢过安足的小日子，究其原因，是受苏州园林的影响。园林是什么呢？园林把大山大水缩成小山小水，把真山真水仿成假山假水，放在家中享用。园林把道、释、儒的精神化成看得见摸得着的物质，放在眼前手边保存——物化的风花雪月，有苏州园林在，想粗糙都难。但是事物都有两方面的，苏州的园林，是一个奇迹，你无法否认。

所幸苏州现在有了现代意识，城市越来越大，人口越来越多，飞速的建设带来了新的观念。苏州人野心勃勃，给全国人民展现了一个全新的苏州。

人的想法是奇怪的，我人到中年，不再想乡下的伙伴，不再对任何食物馋涎欲滴。但是面对着新苏州，我想念以前的旧苏州。我小时候住的旧巷子里头，有河，有老虎灶，有一个一个整齐的天井……园林是官宦名绅颐养天年的退隐之地，在本质上并不属于苏州人。今天的苏州人还有什么呢？也许是那些旧时回忆，还有财大气粗的新苏州带给苏州人的无比骄傲。

2017 年 10 月 12 日

苏州女人

女人的媚态有如下几种：半掩胸怀、欲言又止、犹抱琵琶、半推半就。如果问大家：在中国，哪一个城市的女人当得起以上这几种姿态？大家一定会回答：苏州；而不会说北京、上海、广州、武汉、西安。

苏州出过许多名妓：真娘、陈圆圆、柳如是、赛金花……"秦淮八艳"中，大多数是苏州人。还有一些出名的美女也是苏州人，如刘嘉玲。苏州向世界贡献小菜一样精致可口的女人，这种女人是婉约派的，到了宫里做了皇后也不会乱国乱党。

这个地方的民风从来都是不保守的，这和地方上的男人有关，男人们没有生存之忧，吃得饱穿得暖，怂恿自己的同时，也就怂恿了女人。你看苏州人冯梦龙写的"三言二拍"，难怪它们曾经作为禁书被严令禁止观看。明朝的黄色小说大多数出自苏州人之手，也就是出自苏州男人之手。苏州的民歌里，男人们大唱男女之情："日落西山夜黄昏，一心想到姐姐门。几天勿见姐姐面，好比家中断油盐。"于是女人们唱："约郎约在月上时，等郎等到月斜西。不知是侬处山低月上早，还是郎处山高月上迟？"男女同心合力地一起唱："吃饱夜饭呒啥做，要到场南唱山歌。唱到南海观音动凡心，唱到如来活佛讨老婆。"

但是苏州女人还有另一种样子——外面的人都说苏州女人是这样的：说着吴侬软语，性情温柔，皮肤细腻，十指纤纤，娇媚而清秀，一如水城里的水。

如果有这样一幅画：一个女人，穿着素色旗袍，打了一把素色的伞，头上插了一朵栀子花，面容恬静安逸，一副贤淑的不大不小的闺秀模样，永远没有时尚的样子。如果画上有一行小字标明画意——苏州女人，那是谁也不会奇怪的，苏州女人就应该是这个模样的。栀子花、旗袍、伞、恬静和略微的忧伤，这忧伤不是来自女人，而是来自她周围的空气。

所有的画家都把苏州女人画成这种样子，说明他们没有活学活用马克思的唯物辩证法，或者说，他们没有真正了解苏州女人的另一面。

不知人们能不能接受我这个说法：苏州女人既是贤淑的，也是放任的。像水城里的水，温柔而水性。这听上去有些奇怪，苏州女人就像得了人格分裂症一样。

上得厅堂，下得厨房，进得卧房———魅力就在这里。苏州女人的魅力一言难尽。其中，她温柔而水性的性情中，还带着几分蛮横火暴。不多说了，请听苏州女人们唱："郎是清河水，妹是水中鱼。情愿水干鱼也死，勿愿水存死了鱼。"

回首看见平江路

　　我对平江路再熟悉不过了。以前苏州城很小，南边到人民桥轮船码头，东边到护城河那里。西边过了苏州饭店就是乡下了。而北边的车站，一到夜里就阴森森的，连灯都没有，完全是僻远之地。在这种情况下，凡是住在苏州小城里的人，没人不熟悉平江路的。推开门，走几步就到了。平江路就像邻居一样，常来常往，并且四通八达。不管你从家里的后门还是前门走，也不管你是在别人家里玩或者在任何大街小巷里逛，只要你想去平江路，任何一条路都能通到平江路。

　　我从出生到五六岁跟着父母下放苏北农村，十四岁独自回到苏州，一直到结婚后的住地，在苏州城里的住址变了五六回，但每回搬家基本上都在平江路周围，不超过两公里。后来苏州城变大了，我越搬越远，自然离平江路也越来越远。后来我搬到了靠太湖的地方，这在以前是不可想象的远。我妈说，以前到我现在住的地方，要坐船，听着水声桨声，一天的水路才能到。

　　现在大路宽敞，以前有水的地方大多数成了路，建了无数空着的房子，地下通着地铁。地铁站张着一个个大口，人从大口走进去，一瞬间吞没。这种司空见惯的情景，我每次见到，总是会想起《西游记》讲地涌夫人那一回。她虽称为夫人，却是一只金鼻白毛老鼠精，住在陷空山无底洞，那洞笔直深邃，光滑无比，进到洞底，别有天地。却说白毛老鼠精把唐僧摄入洞底，八戒前去寻找，碰到两位妙龄女郎挑着一副水桶走过来。八戒上前唱个肥喏，一番搭讪，没问出个所以然。两位妙龄女郎夸一声这猪头会搭讪，走到一个地方，忽然不见。八戒过去一看，只见女郎消失的地方有一个石洞，四壁油光水滑，包浆厚重，想来这洞也有几千年了。我对《西游记》有诸多小怀疑，这个场景是其中之一。因为书上说这洞口很小，两个人挑着一副水桶横着下去有点说不通，竖着下去吧，水会打翻。地铁站口全是宽敞的，挑一副水桶横着进站绰绰有余。进了站，那就是人类创造奇迹的地方，这地底下奔跑着时速八十公里的地铁，陷空山无底洞哪能比？

言归正传。自己开车，从我现在住的地方一个小时内能到平江路。到了平江路，都是熟景，所以并不觉得眼前一亮，而是微微喘口气，从身体到精神都感到回到了熟悉的家园。这里有水，虽说水没有我小时候那么纯净。这里有一幢幢青砖黛瓦的平房，一个个老院子。虽说老街坊老邻居越来越少，但它终究是苏州人心里的家园模样。它是地面上的画，有水，有老房子，平和、安稳、水火不侵。白天有太阳，晚上有月光，遍地能长草，随处能种树。它能承载乡愁。现代社会，承载乡愁之地不再俯首可拾。所幸想起家乡、江南、水乡、安逸……这些美好的词，就会想起平江路。回一回头，就会见到平江路。梦里、记忆里全是它。

平江路其实是一条普通的路，至少在我童年、少年、青年时是这样。在我童年时，它普通得就像我门外的任何一条小路，绝对不会有苏州人特意为了寻觅水乡风韵而踏足平江路。那时候的苏州城里，这样的街道还有不少。许多巷子都是这样的格局：一条河、一条路、一溜民房。但后来苏州越来越大，而水乡却越来越小了。我读初中和高中时，从学校走到苹花桥是六七分钟，从苹花桥走到平江路也是六七分钟。但我一向是走到苹花桥为止，大多数人也是到苹花桥为止。因为那时候苹花桥头的苹花饮食店里有好吃的馄饨、馒头、大饼、油条……后来大家都朝观前街去。观前街上的物品十分丰富，所以它开始热闹了。夜里有各种地摊，摆出我们很少见到的外贸尾货。我记得我在观前街的地摊上买过一件出口转内销的淡绿色长袖厚棉外套。我把袖子剪短了当裙子穿，正好到我膝盖。还有全国各地的土特产展览。反正每到街灯亮起，观前街上人山人海，即便口袋里没钱，也要前去看个稀罕。平江路虽然就在近旁，但谁会想起它呢？除了一些拍照的，对旧街和文化遗迹感兴趣的人才会去走走，探古寻幽。

对了，平江路周围簇拥着一大批文化古迹。这是它不普通的地方。经济发展时期，人人都找发家致富的路子，那些老街、小桥、流水、古迹受到了冷落。它得以保存，没有受到大建设的干扰，得益于那些历史文化遗迹，也得益于它一河、一街的逼仄格局。但南宋绍定二年李寿朋主持刻绘的《平江图》上，你看不到这种小格局，那是整个平江府。先有平江府，再有苏州城。在《平江图》上，光是宗教建筑就有八十余处，桥梁三百多处，河道二十条。河网交错，园林众多。"绿浪东西南北水，红栏三百九十桥。""君到姑苏见，人家尽枕河。古宫闲地少，水巷小桥多。"那时候的城市情景现在不复见，《平江图》里的"平江"二字，留存下来成了一条路的名字。平江路和平江府一样，历经繁华和沧桑，消失和重生一样都有着历史的偶然性。

多少年过去，大家口袋里有了钱，换了新房子，有了车子，到处自驾或跟团旅游时，赫然发现自己的小城已高楼林立、车水马龙，"东方威尼斯"的美誉渐渐无人提起，而城里保留下来的古老街道也成了别人嘴里的旅游胜地。这时候，平江路成了不再普通的一条路。然后平江路又成了平江历史文化街区。它焕发出新的生命，它是我熟悉的地方，又是我不再熟悉的地方。它变大了，它成了苏州的一个地标，一张文化名片。

为了了解平江历史街区的现状，我在五月中旬的一天先去了苏州市姑苏区资源规划局，第二天又去了平江公司。这两个地方的外围马路都在修路。开着车，到了地方也不知如何绕进去，只能伸长了头颈，慢慢找停车的地方。去姑苏区资源规划局，我是把车停在隔壁的饭店里。平江公司在大儒巷东头靠平江路的地方，我是知道的。但临顿路修得让人摸不着头脑，好不容易才找到了进出大儒巷的路口。

在姑苏区资源规划局和平江公司采访了两位领导，他们所说的拓宽了我对平江路的了解。

平江历史街区以平江路为主街，东起外城河，西临临顿路，南起干将路，北到白塔东路。面积约一百一十六点五公顷。街区内文物荟萃，积淀了极为丰富的历史遗存和人文景观。其中，有"历史文化遗产"耦园，"非物质文化遗产"代表作昆曲展示处中国昆曲博物馆，省市级文物古迹一百多处，城墙、河道、桥梁、街巷、园林、民居、会馆、寺观、古井、古树、牌坊等一百多处古代城市景观基本保持完好。

苏州水好土沃，很少大灾。鱼米之乡，地方富裕。民风以读书为尚，学而优则仕。值得一提的是，平江历史街区上，有不少名士都曾生活于此。如明代状元申时行，清代状元潘世恩、吴廷琛，外交家洪钧，近代国学大师顾颉刚，文学批评家郭绍虞，著名医师钱伯煊。著名的潘宅有两个不同的版本：一个是"贵潘"，潘世恩的宅第；一个是"富潘"，潘麟兆家族的宅第。

一条平江路，半个苏州城，说的就是"贵潘"和"富潘"，鼎盛时占了苏州半边天。

"贵潘"有多贵呢？潘世恩作为状元宰辅、四朝元老，是历代状元史上第一人。他的家族共出了九名进士、三十六名举人、二十一名贡生、一百四十二名秀才。李鸿章称誉潘氏家族为"祖孙、父子、叔侄、兄弟翰林之家"。潘氏后代潘达于女士捐出祖传的大盂鼎和大克鼎，分藏于中国国家博物馆和上海博物馆，潘家的文化、社会、经济实力可见一斑。

"富潘"有多富呢？在清乾隆、嘉庆年间，黄州流传着一句话，"明有沈万三，清有潘麟兆"。"富潘"的宅子"礼耕堂"是耗资三十万白银、历时十二年而建成的大宅，成就"江南第一豪宅"。礼耕堂坐北朝南，分五路六进，后通混堂巷，东到徐家弄，西抵平江路，占地十三亩。规模庞大，屋宇高峻，装修精美。大厅之上，高悬"诗礼继世，耕读传家"的匾额。礼耕堂见证了一个家族的鼎盛繁华。

看了"贵潘"和"富潘"的大宅子，恍惚觉得这两家有着相通的地方。"贵潘"也是豪华多金，"富潘"向往诗书传家。"富贵"一词，原本是富不离贵，贵不离富。中国古人追求的境界也许就是二者合一。

富甲一方的潘氏家族，观前街的老字号元大昌酒店、稻香村糖果店、余昌钟表店等都是他家产业，生意还做到了郑州、天津、北京。北京的著名老绸缎庄"瑞蚨祥"就是"富潘"产业。

作为写作者，我对顾颉刚更感兴趣。有一年想去四川李庄看顾颉刚居住地，因事未能成行，一直引以为憾。顾颉刚是我国著名史学家，其学术气魄之宏大，近代以来罕有人比。他在史学界开辟的领域为后来者提供了研究途径。顾颉刚用历史地理学的观点写就的《禹贡》，使得历史地理学从民国开始而蓬勃发展。他在史学界的巨大成就和价值远超"贵潘"的"贵"和"富潘"的"富"。这样的文化大家，是一个文化街区真正的文化含金量。把这样的人当成文化街区的"镇区之宝"，想必会吸引国内外一大批文化人。当然这是我的一家之言。

如果想听传奇，那就去唐纳故居。唐纳故居在平江历史文化街区里的胡厢使巷25—40号，为市级保护单位。唐纳是30年代上海著名影评人，命运颇为传奇。他的故居基本保留了明清老宅的格局。东墙到仓街，西墙到旗杆弄。中路主轴线前有石库门墙，依次为门厅、轿厅、大厅、楼厅、后花园。虽没有"贵潘"和"富潘"宅第的大格局，也是可圈可点。

如果唐纳的传奇还不足以满足你狂野的心，那么洪钧故居里肯定有你喜欢的冒险精神。洪钧故居，又叫桂荫堂。洪钧是清末状元，曾出使欧洲四国。他当大使的时候，身边携带的是第三房姨太太赛金花。到他卸任归来，带着赛金花和一架钢琴回到苏州平江路，赛金花那时已讲得几门外语，自是与深宅大院里的太太小姐们见识不同。洪状元衣锦还乡才两个月，就不幸撒手人寰。而赛金花更不打话，抛下深深庭院里的分歧、争斗，转身就去了上海开启她的名妓生涯。

状元夫人去上海滩当风尘女子，震惊了苏州各界。苏州地方上的几位名士结伙跑到上海劝说她回来，但她不为所动。后来的事，我们也知道了，那时候课本里有。鲁迅先生在他的《这也是生活里》说道：连义和拳时代，和德国元帅瓦德西睡了一些时候的赛金花，也早已封为九天护国娘娘了。

她倒也没有成为九天护国娘娘，但她的仗义是真的。可惜又很乖张。因打死了家中侍女，吃了官司，从此一蹶不振。好在另有一位文学家、语言学家、教育家、中国新文化运动先驱刘半农，在生命的最后日子里，为她写成了一本人物传记《赛金花本事》，使她成为一代传奇女性。

喜欢爱情故事的可以去看一看酱油弄那面"爱情墙"，上面写满了各种语言、各种字体的"我爱你"。然后再去耦园。耦园在平江路上，三面临水，一面靠街。江南园林以爱情为主题的，应该只有两座。一座是沈园，承载陆游和唐婉的故事。一座就是耦园了。耦园主人沈秉成，清同治年间官员，做过两江总督。后因病归隐，带着妻子来到苏州，设计了耦园。耦园的耦，与配偶的偶相通。园中景致多与爱情有关，东西两园有双廊，一为筠廊，一为樨廊，谐音为君廊和妻廊。两人在此卿卿我我，度过了八年浪漫时光。沈秉成后来偕妻子再次外出赴任，妻子病故后，他独自一人回到耦园。

吃货们在平江路上可以一展身手，先来一杯手冲咖啡，一边端着咖啡一边到平江路上的角角落落去寻找美食。花间堂的茴香餐厅最好吃的是一盘清蒸太湖白鱼，一碗清清爽爽的特色奥灶面。桃花源记里的凤爪是全中国最好吃的凤爪。墨客园的松鼠鳜鱼色香味俱全。但真正的美食不在于别人的介绍，而在于亲身去找，去享受找的过程。平江路一条主街上，支街如章鱼之触角，须得如同寻找爱人一样，四处寻找美食。而美食也一定不会辜负你，猛回头，拐弯遇见你。众里寻他千百度，蓦然回首，那人却在，灯火阑珊处。

有时候觉得，平江路也是这样，蓦然回首，容颜依旧。

同样的感受放在苏博，也不会有违和感。苏博是建筑大师贝聿铭晚年的手笔。苏州是贝大师的家乡，但也没让他有所羁绊，苏博被他设计得简洁明快、行云流水，一如他的睿智和风轻云淡。

平江历史文化街区东边的外城河，我曾经下去游泳过。20世纪90年代初，我还带着儿子去东边的外城河里游泳，把他扔在河边的竹排上。那时候河面上船来船往，从早到晚船声不断。没想到后来成了旅游打卡之地，没有了来往频繁的船只，岸边也没有了成捆的竹排，一派祥和安宁之景。

还没想到的是拙政园和忠王府都成了平江历史文化街区里的一员了。我小的时候，跟着加班到夜里的妈妈走过这里，觉得这两个地方阴森可怖。前些天晚上我特地开车经过这两个地方，园还是那个园，府还是那个府，外面灯火通明，马路修缮一新，气息明朗开阔，完全没有以前的阴森可怖了。

平江历史文化街区自成立后，相继获得了"亚太历史文化保护荣誉奖""首批中国历史文化名街""首批中国历史文化街区"等殊荣。可以说，平江历史文化街区是姑苏区的一颗璀璨明珠。它还在不断地吸取经验，进行街区的内容拓展。

采访了领导们，我似乎对平江历史文化街区的未来有了一些了解。

一是古城保护连线成片。通过不断改造更新，将历史文化街区、古建老宅、历史文物等连成一片，形成"大景区"格局。利用白塔东路北部可开发地块建设公共设施，完善白塔东路南部区域功能配套，形成整体片区风貌。

二是环境面貌显著提升。以景区标准，加大基础设施建设和城市管理力度，使环境面貌日渐优美，公共配套日益完善，交通组织日趋合理，百姓居住环境不断改善，人民满意度不断提高。

三是文旅融合不断彰显成果。通过业态引导和控制，将不符合古城保护的业态适当清退，使文化旅游全方位、多领域深度融合发展。

四是保护模式成熟推广。通过试点创新，在古城保护的主体责任、实施内容、资金投入、政策法规、运营管理等多方面形成一套可复制推广的模式，在古城其他区域推开。

2022年3月，江苏省出台了《关于实施城市更新行动的指导意见》，力争打造一批体现苏州特色、代表江苏水平、国内起到示范效应的城市更新试点项目。苏州国家历史文化名城保护区作为全国唯一的国家历史文化名城保护区，正积极探索在保护基础上的城市更新策略、路径和模式，并且已经按照有关要求，结合区域实际，初步拟定了苏州国家历史文化名城保护区专项更新试点工作方案。

苏州国家历史文化名城保护区2012年成立，包括苏州市平江区、沧浪区、金阊区。其管辖范围与"姑苏区"一致。

这也是平江历史文化街区的一个新机遇。注入强大动力，打造独特魅力，是平江历史文化街区的新目标。

另外，作为住房城乡建设部第三批"城市双修"试点城市，苏州市以"擦亮苏州古城名片，提升苏州古城颜值"作为"城市双修"的出发点，以平江片区整体保护创新示范工程为突破口，围绕古城保护，推进古城河道、古建老宅、老旧公园等存量空间，进行系统双修。

将要施工的工程，会结合现有规划成果，实施以下六个方面的内容：一是基础设施建设；二是房屋腾迁修缮；三是景观提升和环境整治；四是功能地块建设；五是景区综合管理；六是古城保护和管理大数据库建设。

我在采访过程中得知，平江历史文化街区除了大力发展年轻人喜欢的网红店、打卡点，还拓展了一个新思路，就是"人才优化"。把平江历史文化街区引进的人在各方面提高水平，以适应日新月异的社会需求。

走在平江路上，最想念的还是从前在平江路上看到的景观。夏天，一条平江路上都是摇着扇子乘凉的人，蔚为奇观。乘凉的人吃着井水镇过的西瓜，有人喝着啤酒，说话声一波连着一波。也有人光着膀子，摇着扇子，从平江路这头走到那头。不为别的，只为了让自己开心。到了冬天，晴朗的日子，一条街上又都是晒太阳的人，嗑瓜子或剥花生，喝浓茶。冬天平江路上的景观没有夏天那么奇观，可也是令人感叹不已了。老式的邻里关系亲密良好，乘凉和晒太阳等于是增进感情的交际行为。要是邻里吵了架，晚上出来乘凉碰到，那得多堵心。所以还不如不吵，大家和和气气的，远亲不如近邻啊。

写作这篇文章，总觉得还缺少一些东西，应该还要采访一个人。这些缺少的东西可能是微小的，甚至是无关大局的，但缺了这些东西，就少了点趣味，少了点活泼。想了很久，想出一个人来。这个人叫谢理，是一位平江路上的老民警，于是决定去采访他。

谢理是土生土长的苏州人，十几年前他调到姑苏公安分局当治安警，他办公的地方是大儒巷四十号。大儒巷是平江路的支路，现在也属于平江历史文化街区。从他上班的地方走十几步路，就到平江路了。他上班的对门，是著名的丁宅。那时候丁宅做成了一个菜场。他下班就从丁宅里的菜场里带点菜回去。后来菜场搬走，丁宅恢复原先豪阔的样子，并且租给了"金海华"公司。

我把车停到大儒巷的地下停车场。出了停车场，劈面撞见"平江路商会"。因为已近中午，我和谢理约好在一家小餐馆碰头。从猫空书店对面的钮家巷进去，路过姚晨当女主角的电视剧《都挺好》的拍摄地，路过太傅第，路过苏州状元博物馆，路过丁宅的南大门，来到一家门面很小的小餐馆。这家小餐馆是一对苏州的中年夫妇经营着，菜品新鲜实惠，每天都客满。但中式炒菜总是油多盐多。每当我吃到油盐多的菜，就会想起猪八戒的口头禅："油大盐大才好吃哩。"

　　我们用完午餐，朝平江路上走去。再次路过丁宅南门口，我朝紧锁的门里望去，只见门后一个小小的门厅，门厅后一个小天井，天井里有一口老井，老井边杂草丛生，令人想入非非。

　　平江路上有鬼故事吗？我问谢理。

　　苏州的小巷子每一条都有鬼故事。这就是小巷子有趣的地方。我带你去一条闹鬼的巷子吧。谢理说。

　　没多远，我们到了一条窄窄的巷口。

　　这就是闹鬼的巷子。谢理说。

　　这条巷子叫什么名字？我问他。

　　没有名字，无名小巷。谢理回答我。

　　我站在巷口朝里面望，里面有一家家小店，咖啡吧、花店之类，墙面粉刷得雪白，一点也不像闹鬼的样子。

　　谢理说，以前这条巷子就像闹鬼的样子，又脏又乱，堆满了杂物，满地污垢。一到夜里，里面漆黑一团。哪像现在这么干净明亮。

　　我说，不管它，你就说说鬼故事吧。

　　谢理说，传说有一个人——大约是男人吧，因为以前的女人天黑了就不出来了。这个人晚上喝了点酒，就走进了这条无名小巷。那天晚上，这条巷子像往常一样漆黑无光，唯有一扇窗亮着灯，窗户内的光亮把一个女子的影子投射在弄堂里的墙壁上，看上去这女子在桌上摆弄一个圆形物。这男的借着酒劲放纵自己的好奇心，就想看看屋里的女人为什么深更半夜地在摆弄东西。于是他就凑到了窗户边的门缝里朝里张望，只见一个穿着红衣的女人正背对着他给自己梳头，但她的头不是在脖子上，而是放在桌上……

　　谢理说完，我突然记起十七八岁时，跟着几个朋友来平江路上找一个人玩。那个人是位二十出头的女青年，她爱好文学，家里有一个小院子，院子外面墙角处有一棵大石榴树。我们当时坐在她家院子里，先谈文学、电影，然后话都说完了，她开始讲鬼故事，她说的鬼故事就是这个。快四十年了，这个民间的鬼故事还在流传，收获一拨又一拨的尖叫、一代又一代的恐慌。唯一不同的是，谢理的故事中，女鬼穿的是红衣；文学女青年的故事里，鬼穿的是白衣。白衣应该更有文学的味道吧。

　　接下来，我跟着谢理到处走。他走在平江路上，时不时地有居民和他打招呼，一看就是在平江路上待了多年的老民警。街区里既有高门大户，富贵宅第，也有破落小院，七十二家房客。高门大户用的墙砖都有编号，那是从国外跨洋运过来的。而众多房客聚集的弄堂内，衣服挂满竹竿，一只只电箱排列得像学生出操一样。

　　走过潘宅、丁宅、方宅、洪钧故居，走过探花府、松麟义庄、济阳义庄、黄丕烈藏书楼、安徽会馆、昆曲博物馆、苏州状元博物馆、平江街道新冠肺炎疫情联防联控指挥部……

走过石人弄、丁香巷、悬桥巷、迎晓里、南显子巷、肖家巷、酱油弄……

最后，我们听到小巷深处的一户民宅里传出悠扬的评弹声，不由得精神为之一振。前去一探，只见一户人家，客厅里坐着四位老者，弦子拉得欢，歌声落玉盘。边上的茶室出来一位女孩，见我们惊喜不定，主动告诉我们，这几位老者都是专业的评弹演员，因为疫情的原因不能演出，他们就定期在一起练练嗓子。

遇见平江路，没想到还遇见了台下的评弹。

无愁之地

初见黄姚，便生一念头：如果今生让我选一长居之乡，必选黄姚，而不是周庄。

到了黄姚古镇，少不了收到纸质介绍书：广西黄姚古镇旅游文化产业区，位于贺州市昭平县东北部……奋力构建"东周庄、西凤凰、北平遥、南黄姚"中国四大古镇新格局。

巧了，那天晚上坐着汽车进古镇，在古镇的外面看到一处标牌：苏州景区游览。我是苏州人，周庄和我一样属于苏州。没想到在一千多公里外的黄姚，时不时地看到苏州元素。所以到了黄姚，就像宝玉见了林妹妹般发出感慨：前世里见过的，今生眼熟。

从小到大，周庄去过无数回。小时候的周庄，十分从容安详。后来周庄变大了，有了许多新的玩耍去处，但骨子里还是那两条小巷，那一条河，那些沿街的老房子。三十多年前曾经在周庄住过一夜，吃过晚饭坐到桥上，空气里有残留的炊烟味道、饭菜味道、晚饭花味道。夜里的周庄如此安详，一瞬间觉得自己也老了，坐在月光下摇扇，无忧无喜，安享俗世的宁静。

黄姚终是不同，空气里铺排着激烈情怀，虽小，却不是偏安一隅的小天地。它无法用喜欢来表达。前世是见过的，今生也眼熟，但乍见之下，作为外人，必须后退几步到合适的位置，才能仔细欣赏，慢慢回味。

它有深深的红色基因。1936 年，广西省工委诞生；1945 年，省工委机关转移到黄姚古镇。可以想见，古老的镇子上来了一群年轻的革命者，他们誓要推翻旧世界，建立一个新世界。古镇因他们的脚步而变得年轻，他们的精神给这个镇子带来了永久的高贵。烈士杨汉成在给黄姚中学学生的一封信里写道：朋友们，我们从兵荒马乱中来到静止的黄姚，黄姚曾经静得像一池春水，不起一丝浪波，春水抚育我，我中意她了啊！……仰望那耸峻的石山，我就获得了启示——像见到了崇高的勇敢……深夜里听到淙淙的流水声，使我体会到细流可以汇成河，集体力量的伟大……我爱年老的双亲，然而我没有早些归去；我爱家乡，然而我却留恋黄姚……

我也曾试着像杨汉成那样仰望那耸峻的石山，体会大自然给予人的勇敢。黄姚这里的山，确实与众不同。周庄是没有山的，有水无山。黄姚古镇有山有水，它边上的一群群独岭，那么与众不同，如剪纸板一样竖立，陡峭瘦削，且无缓坡，丛生着矮矮的灌木。看到它们的一刻，我就理解了苏州博物馆里为什么会有那些陡峭瘦削的假山群，它们与苏州的山完全不同。

苏州博物馆是贝聿铭设计的地标性建筑，离贝家的私家园林狮子林四五百米。狮子林里假山林立，可以说每一座假山都极尽妖娆，线条曲折多变，回肠荡气。而苏州博物馆内的假山群就像剪出来的纸板那么轮廓分明，陡峭瘦削，几根直上直下的线条勾成石山。这种极简的假山模式，使我长期怀疑设计者贝聿铭先生是借用了日式风格。

谜底解开了，黄姚的贝姓，是中国所有贝姓之根。黄姚的贝家，定期会去苏州山塘街的贝家祠堂聚会。贝聿铭是苏州贝氏十五世，早就离开了先祖之地。但是谁说他不会在适当的时机把黄姚与苏州联系在一起呢？有苏州博物馆里的假山为证，它们和黄姚古镇边上的一座座独岭一模一样。

有这些独岭如屏障一样护着黄姚，它就安心地当起了中国第一风水古镇。风水好的地方，并不是毫无防卫没有锋芒。恰恰相反，风水好的地方不是一览无遗的，不是处处敞开的，它有各种设置和埋伏，就像是好文章处处有伏笔。

在黄姚古镇，我们能看见处处精心的设置。这个设置有人为，也有天工，可以说是人与天的亲密合作而成。

镇上有姚江一路汇入广东，这是古镇的水。镇外与镇里都有山，这是山。有山有水。镇上有两百多块古石碑，亭台楼阁十几处，宗祠十几处。这是静的文化。黄姚古镇农历三月三，有对歌和歌舞。因为去的时候是十二月初了，离开三月三有点远，没有见到三月三的非凡热闹。但听人说过，知道三月三这个民俗，是有着很重大的含义。三月三，上巳节，黄帝诞辰，先秦至唐时十分繁盛，从宋元时渐渐不显，但这里还延续着这个节日的盛况。踏青对歌，祭拜祖先，抢花炮，抛绣球，打扁担，碰彩蛋，吃五色糯米饭……这是动的文化。

文化在这里一动一静地呈现，再有着红色文化，这个古镇的精神形象就此确立。

再看地形。一进村就有一棵大树守护着路口，这棵树遮天蔽日，树下怪石嶙峋。现在游人太多，若是从前，可以想见这树上群鸟齐鸣。有这样枝繁叶茂的古树，难怪黄姚又是长寿之乡了。都说黄姚是梦境黄姚，乡愁山水，看一眼这样的古树，深深印在心里，浪迹天涯都不会发愁。

过了古树，就见一座门楼，这座门楼叫"亦孔之固"。"亦"通"一"，虽只有一孔之大，却有"一夫当关，万夫莫开"的牢固。它高六米，宽四米，两层。上层用于站岗守望，下层用于通行。这样精心设置的防卫门楼，古镇上还有不少。这是人为之防。

还有天然之防。两块大石卡在陡坡路上，形成扼要之势。一块大石从山坡直探到路中间，另一边是大河，这也是大自然的"策略"吧？还有一片一片的石笋地，那些石笋平地而起，长在沙土里。有些是一片长得差不多的石笋，有些是大小不一、肥瘦不一的石笋，就像是老天爷特意放在这里的路障，不熟悉这里地性的人跑进去，那就一阵阵发蒙吧。当然，生活在黄姚的，不仅是人，还有动物。有一只公鸡和母鸡安详地在石笋地里刨土啄食，只要我对着它们走近几步，它俩就跑到大石笋后面去躲片刻，然后再慢悠悠地踱出来继续刨食。如果它们察觉到我多看了它们几眼，也会采取防卫行动，走到一片小石笋那里。在那里，它们既看得见我的下一步行动，也可以绕过众多小石笋与我捉迷藏。我估摸过了，如果我这个来自长三角中部平原的人胆敢下去侵犯它俩，那我会被那些石笋绊死。

镇子中部地带，一块靠河的空地上，用石块拦出了十几块大大小小、方方正正的水池，供镇人在此取水。镇上多水，但这么费尽心思地处理用水，实属少见，实属文明。

七弯八绕的古镇顺着山势上下，顺着水势迤延。所有的路都是大青石板铺就，每一块青石板都那么耐看。它们历经岁月打磨，每天，无数人类的脚步丈量和摩挲，到今日，它们每一块都散发出乌油油的光，在阳光下发光，在月光下也发亮。它们就如一块块黑色的金子，铺满黄姚古村，让人看一眼就觉得心满意足。那些破裂的石块，也被人补上了蝴蝶形的石钉，这样的石钉，让人看了，更觉得安心。临离开黄姚那天，听到一个故事，说黄姚古镇，不管外面怎么闹匪患，都不受侵犯。这就是黄姚古镇的故事，这个故事是真实的，也是值得后人永久探索的奥妙。

2021 年 1 月 5 日

吴江，吴江

吴江以前称吴江市，属于苏州，现在叫吴江区了。市改区的最初几天，从苏州城区到吴江的苏震桃高速路上，汽车一下子增多。到现在，上下班高峰时段，这条路拥挤不堪。这种拥挤程度充分证明了吴江作为一个属区回归的喜庆。但作为苏州人，一直觉得吴江很远，对它不亲，它的气息与苏州不太一样，仿佛它与苏州没有太大的关系。它不像常熟，苏州人大抵都会说上几句常熟话打趣；也不像太仓富得冒油，与苏州城常来常往；更不像张家港，因为是真正的远了，反而有一种好奇。吴江不能幽默，不常走动，更无法惦记。它的身份令人难以定位：与苏州城市当平等的朋友，腔调好像小了一点；当下属，架势好像大了一点；当亲戚，脸冷了一点；当邻居，气派横了一点；当路人，地位又重要了一点。

小时候去吴江，只有一个方法，到南门汽车站坐长途汽车。说是去吴江，其实鲜有去松陵镇以外的地方。长途车过了宝带桥，差不多就到了。松陵镇那时候很小，但是气象森严，令人肃然，感到它是山外之山，而不是山内之山。吴江人也不爱搭讪，问他路，并不热情，三言两语说完就走，没有小镇里司空见惯的天真态度，不卑不亢，颇有定力。

后来知道一些吴江的历史，知道吴江历史上的众多名人，便暗中咋舌，也因此了解为什么吴江这块地方让人敬畏。陆龟蒙、柳亚子、沈善炯、苏曼殊、费孝通、张应春……当然还有"秦淮八艳"里艳名高帜的柳如是，陈寅恪为她写了《柳如是别传》。

我寻找了一些资料，了解到这些吴江历史名人有一些共同的特点，就是固执、好学、活动力强、有深深的家国情怀。这与苏州别的地方的人不同，我了解的大部分苏州人，好学，不太固执，不喜交际。至于天下兴亡嘛，干卿底事。

吴江历史上的名人，我最喜欢的还是费达生女士。费达生，著名社会学家费孝通的姐姐，生卒 1903 年—2005年，毕业于日本高等蚕丝学校，20 世纪 20 年代就组织了蚕丝合作社，开始改进养蚕制丝技术，七十年如一日，毕生献给了丝绸，可谓是"春蚕到死丝方尽"。

她的身上，融合了吴江女性和男性的优点。她既有吴江女性的朴素、务实、低调、坚韧不拔，又有吴江男性的雄心、魄力和工作方法。她引领风气，她的成功非同寻常。

说到女性，吴江名女人柳如是，我更愿意称她为女诗人，而不是歌伎和才女。她传奇的一生，竟是被她自己用一根绳索终结的，宁为玉碎不为瓦全，世人唏嘘，哪知她心内的高傲与冷绝，她等的就是这样一个机会，来表明她最终的力量。

2016 年 3 月 26 日

扬州慢，最赋深情

"扬州慢"，词牌名也，宋代大词人姜夔的自度曲。十几年前我买过一套人民文学出版社编的《宋词名家诵读》，其中有一本江湖清客姜夔的词，就有一首《扬州慢》，放于书中第一页第一首。

今年五月底去了扬州几天，恰在差不多的时候，我的家乡苏州传出消息，说有一柄吴王夫差剑重返苏州展出。据说，这剑表面有一层蓝色薄锈，时隔两千五百年，仍然寒光逼人，刀锋极利，它穿过两千五百年的时光，抖擞精神，只轻轻一拖，便划破十二层宣纸。

吴王夫差，我吴国末代国君，胜越国，终被越国所灭。其人是兴国之君，也是亡国之君。他统治下的吴国，创造了春秋时代冷兵器的辉煌。

他到了邗地，开始兴建水利。关于此事，《左传》中记有八个字："秋，吴城邗，沟通江淮。"

就是说，公元前486年，距今两千五百年前，吴王夫差筑邗城，开邗沟。邗城成为吴国新的都城。邗沟的开通，沟通了长江、淮河两大流域。历史就是这么吊诡，夫差筑邗城、挖邗沟，为的是北伐齐鲁、争霸中原，却不料五十五岁就灭国自刎。邗随即成为楚王领地。两千五百年，城头变幻大王旗，不变的是水长流、地永在。

邗，即扬州也。

"淮左名都，竹西佳处，解鞍少驻初程。"

我第一次去扬州是三十几年前了，当然我也不知道扬州城东有个竹西亭。我感兴趣的是林黛玉究竟是苏州人还是扬州人。我四年级时，母亲从别的老师手中搞来一套《石头记》，即《红楼梦》。我母亲年轻时十分崇拜萧楚女，我想她还是更喜欢萧楚女这类革命家积极的人生态度，这本消极的弥漫着奢靡之风的书，她看都没看就扔到一旁。倒是我，从看这本书的精致插图开始，渐渐看它里面的内容。虽说不喜欢，但那时候无书可看，没得选择。

这书上第一回就与苏州有关：甄士隐梦幻识通灵。甄士隐住在姑苏城里阊门外十里街仁清巷葫芦庙边，这也够绕的，绕来绕去，《红楼梦》由甄士隐绕出了各色人等，绕出了女主角林黛玉。

林黛玉，祖籍苏州，出生在扬州。我们那时不关心别的，只关心林黛玉究竟是苏州人还是扬州人。林黛玉个性倔强，不知圆通，有一股子豪气的。你看她骂人的腔调，开玩笑的架势，临终前对爱情的决绝，不是一个弱女子所为。今人一提林黛玉，只有她的眼泪和病状，那是世人喜见弱者的缘故。林黛玉的强悍，生前故后都影响着贾府，这种影响直至宝玉出家、宝钗守寡才结束。她不太像苏州女人。所以我决定要在扬州街上多看看扬州美女的神态举止。

当时跑到扬州一看，美女不少，却都慈眉善目，将来的发展归宿应该是王夫人，绝对到不了林黛玉。扬州与苏州都是多水的地方，虽然语系不同，说起话来却都是神态安静绝对祥和，性情恬淡不算活泼。两个地方的人，世代崇文，个性已经弱化，再也没有春秋时代的豪气。所以林黛玉算扬州人还是苏州人，不是一个特别的问题。她不属于苏州，也不属于扬州，她只属于曹雪芹。

对于扬州，除了林黛玉，我只知道秦观、汪曾祺，还有"扬州十日""三江入大河"。再后来，知道江都水利枢纽，知道这里出了一个党和国家的领袖。我写作以后，结识了几个扬州作家，他们都是优秀的人。

三十年后，再来扬州。

"过春风十里，尽荠麦青青。"

苏州到扬州，林黛玉那会儿坐的是船，路途遥远，所以贾宝玉等得心焦。我妈妈那一辈儿，要去扬州，坐的大抵也是船。现在，从苏州到扬州，没有高铁，只有汽车。我认为这很不通情理。现在不是都搞"一体化"吗？有林黛玉做由头，搞个"苏扬一体化"也是有意思的。

这次来，看仔细了，街上的风景不似苏州那么整齐规范，但我怎么更喜欢这里的样子呢？你看，街道上的行道树，樟树、玉兰、桃树、大松树交错生长。街道边上的小河没有填掉，兀自流淌着清水。水边和岸上，长着满满的杂树，到春风十里，那一定会遍地杂树生花了。这样的市中心，热闹地段，竟然还保持着天然之美，虽无荠麦青青，却似闻到了荠麦之味。湖边野草遍地，白鹭伫立，蝴蝶飞，虫子鸣……适合无病呻吟、愁上心头、谈情说爱。扬州"慢"了，慢了才有这样的美、这样的心情。

当然还有扬州人的生活方式。几天看下来，我发现扬州人无比喜欢"慢"生活，他们与时代的"快"保持着一定的距离，保持着警惕的态度。对于这个城市的 GDP，他们并没有太多的焦虑。在我这个苏州人面前，他们首先会很客观、很客气地表扬苏州的 GDP，然后很客观、很骄傲地介绍他们的名胜古迹和吃喝种种。也许是吃苏州菜太多了，我一下子喜欢上了扬州菜。扬州菜是上谱的，又称维扬菜，属于淮扬菜系，为全国四大菜系之一。苏州菜讲究精细，讲究外观，就是说讲究"面子"。扬州菜讲究原料和味道，就是说讲究"里子"。所以扬州人是讲实惠的，不紧不慢地过着自己的舒适生活。

扬州人，你们的生活已经这么好了，节奏快的生活，现代化程度高的生活，慢些到来也罢。因为我担心，哪一天你们的生活节奏变得很快，你们将如何评价自己？

我很主观地认定，要是让林黛玉在苏州和扬州这两个城市里选择居住地，她八成会选扬州，因为扬州还保留着旧时气息，这气息是天然的、天真的。

"杜郎俊赏，算而今、重到须惊。"

这句话也出自姜夔的《扬州慢》。杜郎，唐代大诗人杜牧，他在扬州诗酒轻狂，留下诸多诗词歌赋。

2017 年 6 月 30 日

兴化故事

　　我对兴化的了解，是从一位女性身上开始的。1969 年冬，我五岁时，随父母亲"上山下乡"去了盐城阜宁县。不久，我就见到了我父亲的两位朋友，一姓吴，一姓王。这两位也都是苏州"下放户"，落户在兴化城里。他们过年的时候，会到我家来，和我父亲赌个通宵，然后再回兴化。我只要撑得住，一定会在边上看大人们玩牌，他们一般都玩"沙蟹"。吴和王，都是传奇人物。王是个无畏率真的人，我把他作为《天鹅绒》里唐雨林的原型。他有一回在兴化和人赌，一夜之间，把房子、老婆和儿子都赌输了。第二天再赌，又把房子、老婆和儿子赢回来了。我听说他年轻的老婆哭哭啼啼地带着儿子去了，这家人妥帖地安置，秋毫无犯，第二天客客气气地送回。吴当时在兴化一个厂里工作，长得一表人才，轻松自然，话不多也不少，笑容不深也不浅，讨人喜欢。他是我的短篇小说《司马的绳子》里司马的原型。当年他在兴化城里做过一件令人瞠目的事，说厂里有一位十分漂亮的兴化姑娘，整个兴化城的小伙子都为她神魂颠倒，无奈这位姑娘行为矜持端正，对所有的追求者都冷冷淡淡。好事的一帮小伙子们就怂恿吴去追求，和他打赌，赌资是一箱啤酒。这个不怀好意的赌局促成了一桩婚事，漂亮冷傲的兴化姑娘，心甘情愿地嫁给了无父无母无房无财的吴。

我也就认识了这位兴化姑娘，即使岁月如梭，转眼过去了近半个世纪，一想到她，我的眼前就浮现出她的样子。她很少说话，但绝不是没有气场，清水出芙蓉，于无声处，她到哪里都会引人注目。她的举止绝不风风火火，她不急不缓，甚至略有点木讷，这点木讷反倒衬出她的高贵。她安静地坐于一隅之时，身上好像披着阳光。她的样子，我一直认为是兴化女性的样子，也是兴化的样子。

她生下儿子后，和吴的故事急转直下。吴实在是个讨女人喜欢的家伙，他和一位上海女人走到了一起。我也见过那位上海女人，尖嘴猴腮，举止急促浮躁，不是我们小孩子喜欢的模样。接下来，兴化姑娘的坚韧穿透了无情岁月。我跟着父母去兴化看过她，她还是那样，仿佛没有发生过什么，只是眼神比以前亮了。这也很好理解，丈夫离她而去，她独自一人带着儿子，必须看清以后的路。

听大人们说，她不哭不闹，带着儿子，慢慢地过她那漫长的等待的生活，就像一株芙蓉等待另一株芙蓉走近一样，她终究没有等来丈夫的回心转意。看来这是一个悲剧，现实生活中并没有童话。但是且慢，若干年后，她风华不在，美貌难寻时，却迎来了真爱，与一位颇有地位才学的人结为连理。我听到这个消息时，不禁长吁。我只认识这么一个兴化人，对我来说，她就是兴化的代名词，她最终的好运，使我再次见到兴化时，心里没有一丝阴影。

她是《司马的绳子》里女主人公的原型，一位美好、坚强女性的代表。

我再见到兴化时，是将近半个世纪后了。小时候来过兴化，除了对那位兴化姑娘留下深刻印象外，对这块土地没有多少了解。但因为写作，我认识了许多兴化籍的江苏作家，毕飞宇、庞余亮、朱辉、费振钟……一串很长的名单，里下河的文学传奇。所以我觉得，兴化，就是一个传奇迭出的地方。

我认识毕飞宇也有二十五年了，我相信许多作家都会像我这么骄傲地说，认识毕飞宇有许多年了。他的作品我几乎都读过，当然，我相信许多作家也会像我这么说，他的作品几乎全都读过。有一些作家写文学评论也行，但我写不好。毕飞宇理论水平也挺高。我要是写得好文学评论，我一定要好好挖掘他作品中的兴化因素。当然，他是一个高手，他小说中的兴化因素不是一眼就能见到的。

费振钟也是我早就认识的一位评论家，那时候他并不老，就被大家叫作"费老"，也许是他老成持重的原因吧。除了笑起来略嫌腼腆，他基本上是没有弱点了。

至于朱辉和庞余亮，他们总是那么年轻，岁月无痕，能做到这样的，也不是一般人吧。

总之，我认识的这些写作者，他们正在积蓄力量创造传奇，或者竟然已经各自成为传奇。

那么，兴化到底是什么样子呢？

郑板桥是兴化人，"扬州八怪"之一，一生只画兰、竹、石，他的诗、书、画，世称"三绝"，是清代有代表性的文人画家。他的诗词自然流露出他的个性和追求。"室雅何须大，花香不在多。"这一句是郑板桥兴化故居的对联，提倡恪守本分，扼制俗念，强调个人修养，既是世界观，又是美学观。这句话，看着与那位兴化姑娘有关呢。

"衙斋卧听萧萧竹，疑是民间疾苦声。"这句话老老实实，悲天悯人，避免了后人把他演绎成风流才子的可能，譬如唐伯虎，一介穷酸文人，竟成了市井流传中的拈花高手。也避免了后人把他重塑成浪漫文人的样子，如秦少游，硬生生地被造出一个苏小妹与他共入洞房。毫无疑问，他是兴化历史上最著名的文人，他体现的家国情怀，倡导的个人修养，是不是给文学后来者定下了基调？

兴化最美的，也是最不可思议的，就是"千岛菜花"。

菜花这物，我的家乡每到春天，也是大片大片金灿灿地开着，就是我的小院子，也有一小畦青菜留着开花，所以并不稀罕。但是我听说兴化人的"千岛菜花"与众不同，总面积近万亩的菜花田，是千百个漂浮在水中的垛田组成。那么，什么叫垛田呢？就是开挖深沟和小河的泥土堆积起来的垛状高田，许多垛田间有小河间隔，不便行走，须用小船接送。垛田面积小，不能机械化作业。换句话说，全是手工作业。当你看到成千上万个垛田一片锦绣时，千万别忘了锦绣后面的精心、韧心、耐心。"千岛菜花"，娇媚的名字底下，它形成的过程令人吃惊，灿烂炫目的外表下，却是那样香自苦寒。

"千磨万击还坚劲，任尔东西南北风。"郑板桥的这句诗，就是兴化"千岛菜花"的写照，也是兴化人的写照。

2019 年 9 月 4 日

到震泽尽享人生

民以食为天。这一次的震泽之行以午餐作为启幕。所谓的吃，都是震泽的家常菜，虽是一家路边小饭店，但手艺相当好，地道的苏式农家滋味，食材新鲜。鱼、虾、红烧肉一定要有的，主人大力推荐的是一道本地蔬菜：香青菜。推荐人推荐得眉飞色舞、尽心尽力，好像这是一道山珍海味。香青菜是吴江特有，这里独特的气候条件造就了这种蔬菜，一般是清炒或烧汤，烧咸肉菜饭也很是美味。生的香青菜并无香味，吃时却有一股清香，嫩滑无渣。震泽古镇位于苏州市吴江区的西南，毗邻浙江，古有"吴头浙尾"之称，离上海八十公里。盛产丝绸，是个远近闻名的"丝绸小镇"。主人大力推荐，以前也曾经有不少吴江人向我特意提起过这种青菜，于是我就想到了一个问题：丝绸和香青菜之间有着什么样的联系？它们之间是不是有着神秘的密码？

午后，我们坐上小火车，游览乡村景色，虽没有汽笛声声，却也仿佛身临其境，心里如小孩子一样愉快。整洁的柏油马路勾连着每一村、每一户。陪同我们参观的作家曹建红介绍说，到了春天，路两边的风景很漂亮，桑园碧绿，油菜金黄。震泽镇前后五任书记，每一任书记都延续"洁净、宁静、意境"的乡村发展思路，建设完善"震泽模板",没有一丝一毫的懈怠,这么多年坚持下来,才有了震泽乡村发展的现状。坐在舒适的小火车上,饱览乡村风光,对我来说也是一个全新的体验。"震泽模板"如今又赶上了"长三角一体化"的战略部署,它的未来当然会越来越好。

坐完了小火车,我们一行参观者穿过一个叫作"众安桥"的小村子,朝周生码头走去。周生码头传说是周瑜操练水兵的地方。小村子让人惊喜,连垃圾分类亭都用木板做了围栏和遮顶。村子里干净整洁,屋前屋后都有花花草草,就是略嫌老旧的屋子,因为整洁干净,也透出一股子精神来。码头边独一棵一百二十年的老银杏树,也用木板围着,挂着说明牌,显出人类对它的爱护之情,眼下正是满体黄金叶的时候,微风过来,满树金叶翻飞。对岸,与古银杏树遥遥相对的是一棵大楝树,叶子已落尽,满身挂着金黄的楝树籽,一只大鸟窝雄踞树干顶层。清淤、生态修复过的周生荡有五百零二亩,在阳光和微风下波光潋滟,与蓝天、宁静的小村子、古银杏、大楝树、鸟窝……构成一幅现代乡村图。

离开有着历史人物传说的周生码头,我们步行至田园餐吧。在这里你能充分体会到震泽乡村振兴的宗旨,这个宗旨是,发展就是为了农民。初冬温暖的阳光下,当地人在这里喝茶或咖啡,聊天或漫步。餐吧里和餐吧外的草地上,坐得满满的。观景台上、观景台下,也都是人,最多的是孩子们在玩耍。当地人讲,到了夏天的夜里,观景台上每天晚上都有人在上面观景。这里的农民享受着城里人一样的悠闲,又多了一份城里人没有的乡间情趣。

我且离开餐吧，朝外信步走去。田地里，农民正在种油菜。乡间的路上，汽车、摩托车、自行车穿越其上。说话人有外地口音、本地土音、普通话里夹着本地音调。有穿着朴素的，也有打扮时尚的，令人一望而知这里正处在发展变化的时期。路边的指示牌上写着：停车场、特色农家菜馆、蚕桑学堂。另一面牌子写着：长漾观湖步道。长漾又名牛娘湖，是吴江西南地区第二大湖，周长二十多公里，在震泽境内将近九公里。我就选择了走观湖步道。窃以为牛娘湖这个名字很好听很好记，让人一听就生出探究之心和想象之心。观湖步道很短，我很快就看到了浩瀚的湖水和边上大片的水葫芦。往回走的路上，我看见了一片香青菜地，就走过去仔细打量。香青菜早就申请了农产品地理标志，也是苏州第一个申报农产品地理标志的蔬菜品种。香青菜确实不同于一般的青菜，它身形高，叶片大，颜色浅，质地皱，白色洁净的脉络明显高于叶面，纵横蜿蜒如四通八达的水道。我轻抚叶面，觉得它不是一般青菜那样光滑，而是如桑叶一样，在掌心微微粗糙。也许这就是震泽乃至全吴江人喜欢香青菜的秘密吧，或许也是震泽人的一个精神密码。

2019 年 12 月 20 日

陈嘉庚的龙舟

到厦门，一定要去陈嘉庚纪念馆看看他设计的那条超级大龙舟。它面目和善，昂首挺胸，红、蓝、黄、绿……满身色彩斑斓，身上驮着红鼓和红帆。每一个看到它的人都会精神为之一振。它代表着陈嘉庚昂扬的一生，也代表着他做人做事的原则。他像一艘大龙舟，带领着大家无畏而快乐地乘风破浪。

陈嘉庚出生于 1874 年，纵观他的一生，经历了辛亥革命、抗日战争、解放战争。在每一个历史的转折点上，他都踏在光明这边。他对进步和真理的追求孜孜不倦，远超乎常人。他出生的那年，同治帝病逝，四岁的光绪帝即位，国家内忧外患。同年日本派兵侵占台湾。晚年的他还特意请人刻录了"台湾省全图"，念念不忘国家的统一。

说他是一个传奇，无人会反对。三十岁那年，父亲因创业失利，欠下二十五万大洋。按当时的惯例，可以申请破产，申请破产后就不用还这笔债。但陈嘉庚不愿意这么做。他筹集了七千元，创办了菠萝罐头厂，还掉了父亲欠下的债，并且一路高歌，成为一代企业家、慈善家、教育家、爱国华侨领袖。他去过延安以后，积极支持共产党的正义事业。

提起他的功绩，莫过于他对教育的投入。他先后创办了集美小学、集美中学、集美师范、集美大学和厦门大学等学校，可以说是散尽家财以教育救国兴邦。尤为超前的是他对妇女儿童教育的重视。

1915年，他资助新加坡崇福女校并任该校总理。

1917年，他创办集美女子小学校。

1919年，成立集美幼稚园。

1920年，集美学校增设女子师范和商科。

1927年，成立集美幼稚师范学校。

1947年，倡办新加坡南侨女子中学。

在他生活的那个年代，虽然已有女飞行家埃尔哈特独自飞越大西洋，有女权运动家秋瑾为推翻千年封建统治而壮烈牺牲，但当时中国妇女儿童的权利是被社会普遍忽视的，妇女儿童尤其缺少受教育的权利。在"女子无才便是德"的封建思想倡导下，大部分的妇女都是文盲。妇女儿童就像商品一样私下买卖交易。

陈嘉庚是慈悲的。慈悲者总以扶持弱小为己任。但他又不仅仅是慈悲，他对妇女儿童的教育投入，是一种前瞻性的公共生活理念，有着敢为天下先的精神。并且他把理念贯彻执行，成为这方面的一个奇迹，造福一方，福泽绵延。集美学村是他刚开始搞教育时买下的地，成立时不设围墙，学在村中，村在学里。所有名教师的名字都可以成为路名。1923年，因军阀混战，孙中山批准此地为"中国永久和平学村"。在这里，女师和女中的学生响应"忌做小姐"的口号，她们被鼓励参加体育运动和接近人民大众。集美学村在推动女童和妇女教育方面进行了前瞻性的梳理和实践研究。有一种美叫"集美"。直到今天，我们在福建，在厦门，在集美，还能深切体会到陈嘉庚这种理念的延伸。自我意识觉醒的女性不仅成为家庭的主心骨，也是社会建设的主力军。每年 10 月 11 日的国际女童日，以及联合国教科文组织女童和妇女教育奖颁奖日，在这里都会受到极大的关注。母女瑜伽这一类的节目不仅是舞台表演，还打造着现实生活的母女健康关系，塑造妇女儿童的心智。

到集美，令人难忘的是陈嘉庚亲手设计的龙舟。设计龙舟也是陈嘉庚公共生活理念的体现。几千年的封建生活压抑中国人的精神，进而影响中国人的身体健康，衍生出种种社会问题。"各人自扫门前雪，哪管他人瓦上霜"就是中国人长久以来的生活方式。而"东亚病夫"又是别国对中国人的普遍看法。陈嘉庚办教育就是要强健中国人的身体和心灵。他说：人身之康健在精血，国家之富强在实业。唯有真骨性方能爱国，唯有真事业方能救国。

他的爱国和救国都有相同的一个通道，就是唤醒人的身体和精神，而这又是通过一种健康的公共生活达到的。教育传承人类积累的知识，唤醒人的精神。体育唤醒人的身体。赛龙舟是一项中华传统的强身健体的公共生活，但陈嘉庚赋予了这项民间活动更多含义，贴近了他的爱国理念，是他社会实践的重要组成部分。

2023 年 8 月 25 日

水做的绸乡

我家边上有个园林叫沧浪亭，依水而筑。每次从它边上走过，见到一汪清水，我的嘴里就会条件反射似的冒出来古人的句子：沧浪之水清兮，可以濯吾缨；沧浪之水浊兮，可以濯吾足。

这是春秋时期流传在汉北一带的民歌，屈原的《楚辞·渔夫》中有记载。

可以想见，江南的沧浪亭与汉北民歌里的沧浪之水有多么不同。

一天夜里，我走过沧浪亭，那天不知为何，园林边的水丰盛盈满，漫上驳岸。水中映着满月的光，令人想起西施浣纱。西施是越国人，但吴地也对她十分熟悉，苏州灵岩山上有她的馆娃宫。她亡了吴，却不曾作为祸水而被后世诟病，我想是她从水边来，又回水中去的缘故。

盛泽，位于江苏省的最南端，属于苏州吴江区的经济重镇，江南水乡的丝绸名镇，以"日出万绸，衣被天下"而闻名，有"中国丝绸第一镇"的美誉。

光绪六年，江海关四等 A 级帮办 E·罗契，受命调查江浙一带的丝绸产地。他在调查报告中称：（盛泽）是一个巨大的丝绸业制造中心。

据他的调查，盛泽地区丝织机总数约八千台，估计每日生产三千匹，全年产量为九十万匹。

而在四五百年前，住在苏州北端的冯梦龙这么写盛泽："苏州府吴江县离城七十里有个乡镇，地名盛泽。镇上居民稠广，土俗淳朴，俱以蚕桑为业。男女勤谨，络纬机杼之声通宵彻夜。那市上两岸绸丝牙行约有千百余家……江南养蚕所在甚多，唯此镇处最盛。"

我去过的次数不多，今年却去了两次，写了两次。但我发现，每一次写，都有新鲜之情，这也缘于盛泽有水。盛泽，大水也。水多的地方，必定充满活力和变数。水是变幻莫测的，水也是能强能弱、至强至弱的。

盛泽有镜湖、盛湖。盛湖有个别称叫"小洞庭"。

与水有关的地名景观有：画师桥、白龙桥、澄溪桥、终慕桥、斜桥、香波桥、拾锦塘、菱叶渡、绿葭潭、白马泉、秀才浜、烂溪、目澜洲、红梨渡……

清道光年间，盛泽的文人墨客结了一个诗社叫"红梨诗社"。

名人的居所"话雨楼""停云读画楼"。

夜泊航船的"夜船湾"。停泊花船的"花船湾"。

虽然水网密布，河港纵横，但盛泽人 1926 年就用上自来水了。

冯梦龙描写盛泽的话里有一句这么说："那市上两岸绸丝牙行约有千百余家……"

请注意"两岸"二字。水边之路为岸也。

盛泽，曾经的千家绸行、万户织机，都静卧于四通八达的水边，无比的繁华，彻夜歌舞，都浮于水面之上。幽雅的水乡情调，冲淡了市井的喧嚣。

曾几何时，那些会馆、名楼、祠、寺、坊……都被水环绕。你无意中走进的小巷，会让你终生难忘，因为你看到的小巷，就是一条弯弯的水巷，一条流水铺就的小巷，水道边密密地筑着大房小屋，一幢连着一幢，就如连体一般。它们如此整齐，如此统一，把河道划成越远越窄的水线。

乌篷上，桐油抹得亮光光，这些船，就是水乡人出行的工具。夜里泊在水面的船中，有灯火的，就是住在船上的人家了。

船的用处很多，装粮运菜，穿梭于一条条水巷中，送来四时新鲜瓜果蔬菜和活蹦乱跳的鱼虾。在这里，船的用处又多了，为绸行送来刚刚下机的坯绸，运走完工的整匹丝绸。运走的丝绸中，有许多去了欧、美和南洋，盛纺、印度绸、香云纱、高丽纱……

无端地又想起西施浣纱，她浣的纱，可是香云纱？只有"香云纱"这三个字才略微配得上她。倾城倾国，指的就是她；沉鱼落雁，指的也是她。水边的女儿，因了水的润泽，才成为古代四大美女之首。

再说盛泽，盛泽最著名的是盛湖八景：五桥晴市、竹堂古祠、圆明晓钟、目澜夕照、西湾渔舍、东漾划船、龙庵待渡、凌巷寻芳。从字面上看，与水有关的就有四处景致。其实这八处风景，每一处都与水有关，每一处都被水浸润而成就一番动人景色。

水乡古镇，小桥、流水、人家，却没有古道、西风、瘦马。有的是：红梨渡口，碧波连天；东白漾、西白漾，水波浩荡；湖、河、浜、荡、潭、塘、洲、湾……各秀水之美色。

当夕阳西下，没有断肠人在天涯。满街华灯亮起，连水里都映着辉光。

2017 年 12 月 17 日

聚散青石弄

有一年我走进《苏州》杂志社，青石弄五号，感觉就像走进一户平常小院里去做客。那一年是 1998 年，秋天。

但是这座小院子又是极不平常的——叶圣陶的故居，现在是陆文夫老师在此办了《苏州》杂志，成了一份刊物的编辑部。

青石弄是一条短弄堂，走不了几步就到底了。到底的地方，右手是一所大杂院，墙上探出一株极大的苦楝树，秋冬叶子落尽，露出一树金黄的楝树籽，随着风轻轻摇晃。树枝线条自然率性，树籽圆润明亮，见了让人热爱生活。楝树的树枝一直伸到右边，楝树籽也会落在右边的石门里。这石门里面就是《苏州》杂志，一进门就是一架老紫藤，紫藤开花的时候，杂志社里紫光冲天，连人的脸上也是紫盈盈的，茶杯里的水也有一层淡紫的水汽。紫藤对面，是几株白玉兰，春天开花，先开花后长叶。开花的时候，一树白灿灿的光，见之让人神魂出窍，多看几眼的话，就像让白光洗了一个灵魂的澡。它倒是和紫藤相配，一东一西地呼应，都是那么热烈无邪。

巷子里有一家居民，女主人的脸上总有笑意，她的孙子才五六岁，我们来来回回地走，见了面互相打招呼，就像住在一起的邻居。

陆老师对我说，你来杂志社上班吧，这样说出去好听一些，有个工作。

陆老师让我去杂志社上班，我就上班了。

陆老师办刊很认真，每篇文章必定亲自过目。我负责散文栏目。这个栏目有时候会有许多不俗的投来稿，当稿件很少或者质量不高时，我就得约稿。有一回我懒得约稿，就化了一个名，自己写了一篇散文交了稿。我写的是一件真实的事。观前街那儿有一条小巷子，每次我走过的时候，总会看到一位中年落魄男士，嘴里自言自语，说着别人听不懂的话。但时间长了，我听出了一些端倪，大概就是他自己的艰难生活吧。陆老师看了，在稿笺上批道：此人很怪。他的意思是说这篇散文的作者很怪，就是说我很怪了。统筹稿件的华群老师笑着把稿笺给我看，说，你保存着吧。可惜后来这稿笺遗失了。

陆老师后来知道这篇散文是我写的，也宽容地一笑了之。

我从此不敢再冒名写了。

陆老师的小说我都看过，他的小说立意深远，行文端方，一派君子之风。端方的小说我喜欢，问题是，不太端方的小说我也喜欢。苏州人说，甜欢喜，咸中意。就是这个意思。所以那个时候，我就写了几篇这样的小说。没想到陆老师看了，就批评我。当然我是不服的。陆老师也不多讲，他是个看透世事的人，知道多说无益。现今我儿子也在写小说了，我告诫他，文章一定要有"端方"之气……

杂志社的小院子后来种上了芭蕉，黄梅天听雨打芭蕉的声音很美。后来又种了一棵桃树。这棵桃树有一个小故事。有一年，陆老师曾经带着杂志社所有的员工春天一起去踏青，第二年春天桃花开的时候，大家开始惦记野外的春光，老师们让我去和陆老师说，我就去和陆老师说，我们想去踏青，看桃花。

陆老师说，桃花有什么看的？不许去。叫刘家昌在院子里种一棵桃花，你们就在院子里看看吧。

隔了一天，刘家昌老师真的从花木市场扛回来一株桃树，吭哧吭哧地种在杂志社走廊外面。这株桃花当年没有开花，要看桃花盛开，得明年了。

我认识陆老师的时候，他的生活已归于安逸。他像一个退隐者，《苏州》杂志社就是他退隐的地方。他身材瘦高，走路很轻捷，眼神十分锐利。当你看到他的眼神时，你会知道，这位老人可能洞悉人世间的所有秘密，只是不说破而已。我们对他都充满崇敬，他来到杂志社的时候，我们经常会围上去，听他说话。有一次，陆老师坐在廊下，我们围着他，正说着话，天空上起了乌云。他抬头朝天上一望，说，要下雷雨了，老太婆最怕打雷。他说完就急急忙忙地走了。陆老师嘴里说的"老太婆"，是他对妻子的昵称，老两口的感情羡煞我们这些年轻人。

一晃二十多年过去，陆老师早就去了天国。巷子底的那棵大楝树也不见了。巷子里经常和我们打招呼的女主人也老了，当年才五六岁的孩子应该早就自立门户。

人生就是这样，聚散匆匆。陆老师这样的人，即便一辈子没见过他本人，也不用遗憾，读他的《美食家》吧。

2021 年 12 月 24 日于苏州浦庄

洛阳之色

　　稍懂一点西夏王朝历史的人都知道，西夏王朝的第一位王——李继迁临终前叮嘱继任者李德明，要尽全力依附宋朝。因为只有宋朝的文明才是值得归附的。西夏王朝曾经创建了无比灿烂的文明，自是与宋朝有莫大关系。

　　北宋建都东京（开封），以洛阳为西京，那时洛阳有二十万人口，同期的巴黎和伦敦只有五万人。宋朝的都城有河南开封、河南商丘、河南洛阳、浙江杭州（临安）。临安已是南宋，日子不好过。

　　这是宋。唐和宋，中国两个盛世繁华的帝国，从来都是相提并论。唐朝的都城有陕西西安和河南洛阳。唐高宗时洛阳为东都，武则天称帝后改称洛阳为神都。

　　中国第一个王朝夏朝的都城也是洛阳。所以说洛阳是王者之都，十三朝古都，古代王朝建都最多的城市。它又有别的豪华标签：华夏文明的发祥地之一，丝绸之路的东方起点，隋唐大运河的中心。解读它的路有千百条，我只取一条：洛阳之色。"色"不止于颜色，还有洛阳的气息和它的各种神情、神色。

　　郑州在我心中是黑色的，它是全国重要的综合交通枢纽。一想起它的名字，我的心中就闪现出月色下的铁轨，黑而发亮，如黑色的金子。开封在我心中是红色的。开封曾为宋朝都城东京城，东京城的名头太过响亮，它是《清明上河图》的创作地，当时世界的第一大城。宋朝又叫"炎宋"，皇帝的龙袍是红色的。

色彩的想象，都在去过之前完成。去过了，也许就会改变。没去过洛阳时，在我的想象中它是粉红的。历史落在一座城上与落在一个人身上，就是宇宙和尘埃的差别。2020 年 11 月 27 日下午，我从新郑机场下了飞机朝郑州市里赶路，这是第二次来郑州，但一看见路边的指示牌指示着"轩辕故里""郑尧高速""少林寺"等等，心情还是与第一次一样激动。我想我不管来到这里多少次，都会很激动，就像血液里有什么东西被唤醒一样，要寻找自身生命的源头，寻找真正的家。有一次我在农贸市场看到一位老人家，卖一只有着绿色长脚的小水鸟。老人家自是不知这小水鸟是保护动物，听说我要买了放生，本是要价五十元，减到二十元给了我。我带着小水鸟来到太湖边，把它放在岸边。这岸边离太湖还有一段路，是沼泽和芦苇滩。小鸟一放到地上，它马上闻到了太湖的味道，从岸边飞奔而下。突然它跌了一个大跟头，跌得脸朝向了公路。但是它爬起来，转头继续朝太湖奔，就像太湖里有一根看不见的丝线牵着它。我现在的激动也类似这只水鸟吧。

我的激动当然是宇宙中的微尘。但这粒微尘要用想象力来体现生存感，时刻要联系一点什么，找到世界与自己的关系。唐高祖李渊定都长安，以洛阳为陪都。唐高宗以洛阳为东都，往来于长安与洛阳之间。直到武则天称帝，迁都洛阳，称洛阳为神都。现存世上两件武则天的文物都在洛阳。当时的神都有一僧人叫玄奘，日后，他被我的同省大文豪吴承恩写进了《西游记》，是为唐僧或唐三藏，带领三位妖形怪状的徒弟，骑一匹龙变身的白马，历经劫难从西天取经返回大唐。人是洛阳人，却在江苏人的笔下名扬于世。

我小时候，对两个地方心生好感，一是上海，二是洛阳。我天天睡的床单只有一种，就是上海产的粉红床单，上面印着牡丹。我妈妈对我说，这是洛阳牡丹，所以洛阳在我心中一直是粉红色的。——但上海不是，我父亲是上海人，与我母亲结婚后就搬来了苏州。我从小就跟着他去上海玩，对上海比较熟悉，一熟，就没有了色彩想象，代之以食物的香味、人的精神面貌。想象是神秘的，并无太多逻辑，有时候，只是一种一厢情愿。粉红的牡丹床单非常结实，睡个十几年还不会破损，从童年睡到少年，再到青年。不管白天有多少纷繁复杂的内容，一到晚上，身倦归巢，归回自己的屋子、自己的床、自己的床单，躺到粉红牡丹花上，进入未知的梦境，度过生命中的无数个黑夜。人生中起码有三分之一的时间是洛阳的牡丹花陪伴着我，是我最亲近的物件。我越长越大，它越来越淡，在岁月的更迭中，粉红渐渐变成粉白，直到需要替换它时，那时候市场上的床单已是各式各样，五彩缤纷。时至今日，我还珍藏着用过的老旧粉红牡丹床单，偶尔翻东西见到，心里一阵怀旧，一阵感慨。岁月易老，梦境依旧。许多观念改变了，譬如说，我后来有了一个小院子，开始种牡丹，知道了牡丹有各种色彩，赤橙黄绿青蓝紫，应有尽有。最重要的事，床单上的红牡丹有一种弱不禁风的样子，现实中的牡丹依然妖娆，除了不耐水涝，别的都不怕。经得起风霜，哪怕植株断尽，只要土下面有一点点的根系，就会努力东山再起，重新发芽，像极了中华的先民们在黄河流域一部漫长、艰辛而灿烂的奋斗史。

牡丹，国民之花，又叫洛阳花。欧阳修写有《洛阳牡丹记》，是我国第一部花木传记。据史料记载，每到花开，洛阳便有花会，大街小巷，以花易花。从东晋的《洛神赋图卷》里的牡丹到唐代《簪花仕女图》中的牡丹，色彩微妙，自不必说。

走近了洛阳，看看，想想，听听，儿时的想象就发生了改变。洛阳它不再是粉红的，而是五彩的、多维的。就说黄河，黄河之水是黄色的，但在洛阳小浪底这里，黄河之水如我江南的太湖水一样碧青，见到它的第一眼，便为它的清碧之色大为惊讶和赞叹，为人类改天换地的力量惊讶和赞叹。还有"最早的中国"——二里头夏都遗址，三千年来，它的颜色正如黄河一样呈现黄色，从来没有改变过。二里河夏都博物馆内，有着世界上最大的夯土单体建筑，它通体淡黄色，如早晨的阳光。

白马寺里也有大片牡丹，我去的时候是冬天，牡丹们支棱着无叶的枝干，枝头上孕育着小小的花苞。总觉得白马寺的牡丹应该是一片洁白，譬如四百年前遗留下来的牡丹品种"佛头青"。它们穿透时光和信仰，给现代人带来身心的洗涤。

白马寺，北魏杨衒之的《洛阳伽蓝记》中有它神奇的来历。上面说：白马寺，汉明帝所立也，佛入中国之始。寺在西阳门外三里御道南。——这是时间、地点。下面是神奇的故事：帝梦金神，长丈六，项背日月光明，金神号曰佛。遣使向西域求之，乃得经、像焉。时白马负（经）而来，因以为名。

白马寺，因它是皇家寺庙，中国第一家官办寺庙，与一般寺庙不同，隐隐地透着贵族之气，透着太阳般的暗金色。但又不是早晨和中午的太阳，是天边一抹永不落幕的夕阳，在岁月中沉淀和自持。

说到白马寺的故事，除了汉明帝的金神之梦，武则天与薛怀义的绯色故事也是家喻户晓的。武则天作为一代女皇，见识与胸怀自是卓尔不群。薛怀义作为她的男宠，落发白马寺做了住持。史说他因为妒忌，烧毁了中国建筑的巅峰之作——号称"万象神宫"的明堂。武则天不予追究，令他重修了明堂。至今洛阳的青年男女结婚大庆，首选地址是明堂。

明堂是人世间的璀璨，而唐三彩，是另一个世界的璀璨。唐三彩，从唐代开始，由洛阳闻名，又有"洛阳唐三彩"之名，以黄、白、绿为主，兼有多种色彩。"三彩"实是多彩的意思，代表着人在另一个世界的温暖、富足。这份温暖和富足意义重大，它让现世的人们得到精神的慰藉。2015 年，伦敦苏富比拍卖会上，一件唐三彩贴花卉凤首执壶拍出了人民币两千六百万的价格。近年来，唐三彩的收藏热度不减，它的艺术成就震古烁今。它是中国的颜色。

谈到震古烁今，那就不得不说洛阳的龙门石窟。

2020 年 11 月 29 日晚上 7 点半，我和朋友们到达洛阳龙门石窟。夜游龙门石窟，心情有点紧张。我来过龙门石窟，初见龙门石窟的大佛们，心灵无比震撼，当时就愣住，如醍醐灌顶。那时是白天，现在是晚上，不知道晚上的佛会给我们展现什么神色。我们是凡夫俗子，自是无从猜测，自是忐忑不安。

意外的是，佛的神情在夜里尤其温柔，比白天还要和颜悦色，真正是悦人心神。在柔和的灯光下，佛更为亲切动人，好像是刚归家的亲人，正要与你展开一场家常絮语。但你知道那场絮语不会是家长里短，那是佛把他的精神化成潺潺流水灌向你的心田，如明月一般纯净。

和颜悦色，是精神上的颜色，也是洛阳的颜色。

夜游龙门石窟的第二天晚上，我约了吴越去看月亮。月亮高高，无忧地在天上看着洛阳。"何以解忧？唯有杜康。"酿酒的老祖宗杜康是洛阳人，他发明了酒，酒可以解忧。这个古老的解忧方法现今的人们还在使用。但是社会突飞猛进，人类已踏足月球和外太空，用酒解忧不算积极行为，更多心忧天下的人，投入了改变世界的宏业中去。洛阳，这个正在打造洛阳都市圈的城市，这个为航天飞机提供精密轴承的城市，中国最早的大学诞生处，中原文化的灵魂之地，未来它的色彩必定更为丰富。

2021 年 1 月 18 日

到福清去浮想联翩

从苏州坐火车去福清，一般来说是六个多小时到十一个小时不等。如果从苏州站坐到上饶转车，那得十八个小时。到福州转车，要二十六个小时。这个漫长的节奏，让我大脑产生联想：一个男孩子跟着父母亲从苏州站上车，到福清下车时，他已长成了大人。其实也可以有另一种联想，就是我从苏州坐火车到福清时，下车已是一头银发了。这个联想不美，所以我的大脑拒绝了。

人的脑子很有趣，选择什么，不选择什么，有它自己的逻辑，或者说根本没有逻辑。因为车上的时间漫长，我就独自一个人站在车厢之间的通过台，看窗外掠过的风景。火车经过杭州东站时，有一段长长的路基，荒芜了。说它荒芜是有理由的，上面本来种的是树，但是这些树没有来得及长高，就被漫山遍野的一枝黄花挤得东倒西歪，一旦有死去的小树，周围马上被一枝黄花迅速占领。能与一枝黄花略微争地盘的，只有强旺的狗尾巴草了。这个不到一分钟就掠过的场景，从此改变了我对杭州的脑储存。以前，我一想到杭州，就是西湖上的断桥、虎跑泉的泉水。现在，这些生命力强悍的、灿烂得像阳光一样的一枝黄花，把断桥、泉水什么的挤到了后面。人的选择性记忆，到底有何玄机？记忆中的这些排列，有没有规律呢？

然后我就开始在脑子里盘点关于福清的图像。很可惜，没有。福清属于福州，关于福州，也没有，因为没有去过。但因为看过林那北的《三坊七巷》，所以对福州有一点模糊的想象，觉得它有点苏州某些坊巷的样子，又比苏州的坊巷华丽大气，到底长期是福建省的政治中心。厦门是福建省的重要城市，关于厦门，脑子里倒是长久地储存着几张图片，二十五年前去的厦门，海边的波涛、海风、海鲜……这些图像当然不能全部代表福建省，闽地多大？陆地总面积十二点四万平方公里，有大山，有大海，还有大江大湖。

2019 年 10 月 12 日去福清，14 日返苏州。回苏州的路上，我再次看到了那一大片一枝黄花，它们也再次霸气十足地植入我的脑海。那么好吧，坐火车的漫长时光，来得及盘点一下两天中对于福清的印象，看看我去了福清以后，脑中留下的是什么？排列顺序是怎样的？

排列在第一位的是小屋子、红炉子。

福清有一种饼，叫"光饼"。去的第二天，福清的接待人员特意安排了我们这些人去一家做光饼的手工作坊，让我们有幸见到了做这种饼的全过程。那是一个很小的屋子，一大半用来做饼，一小半用来烘饼。在屋后等待做饼的时候，我们顺带参观了这个城乡接合处的地方。这个地方没有城市的洋气，到处都有乡村的痕迹，虽然凌乱，却那么让人安心。有些小院子，与农家小院没有两样，养着鸡鸭，神气活现的大公鸡和安详的母鸡，过着庭院生活。刚摘完的桂圆树上，还留着几颗桂圆，佛手树上挂着成熟的佛手果。屋前屋后靠路边，几乎每家都种着开花的小绿植，给自己，也是给别人献上怒放的花儿。赏心悦目的还有老井、老木桶、老房子门楣上面装饰的鱼、鸟砖雕。场地上晒着山芋片、辣椒等物，它们安详地、一丝不乱地躺在地上或竹匾里，昭示日子的安稳。这个村叫先锋村后厝，闽地的农家气息和我的吴地是一脉相承的，当然吴地农村是没有桂圆树和佛手树的。做光饼的是一位三十多岁的妇女，穿着红色短袖衫，黑色长裤，白底黑凉鞋。火炉在边上的小屋子里，离她七八米的地方，火炉里面，木头已经烧成余烬，炉壁烧白，只等着做好的饼坯沾上芝麻贴上来。听说贴光饼速度很快，几百只光饼贴完，也只消十几分钟。火炉的热气传过来，还是能感觉到比外面热多了。小屋子里到处是盆盆碗碗，放着大把的葱，一大盆拌好的馅。馅里的品种挺复杂，有猪肉、香菇、胡萝卜丝、笋丁等等。穿红色短袖衫的妇女在一大块木板前开始揉面、切面、搓圆压扁……木板有一张小床那么大，足够她施展身手。同行的女作家们也上前掺和一把，体验做饼的快乐。这可不是一般的饼，这个饼承载着太多情结，英雄主义、乡愁等等。传说光饼是抗倭英雄戚继光为了解决部队给养而创制的一种饼，久而久之，这种饼承载了家乡的味道和文化。福清人自古就有在外打拼天下的习惯，不管走多远，他们都要想办法吃到光饼。小小的一块饼里，寄托着福清人的乡愁。这块英雄创制的饼，永远是福清人与家乡的一条秘密通道。我们吃光饼，吃的是它的鲜、香；福清人吃光饼，吃的是历史。

　　排列在第二位的是一棵大榕树。

　　这是我有生以来见过的最大的一棵榕树。远远望去，以为是一座小山包。说这是一棵榕树，可能会惊倒任何看客。但这就是一棵榕树，它谦虚地长在东关寨外面，平平常常的环境，却是天地孕育了它，神仙保佑了它，它吸的是自然界的精华，年年月月地幸运，幸运了五百年，成为今天的模样，当然是最好的模样。我们一行人朝它走去，数里地外，就见到它的根裸露在外，盘根错节，饱经沧桑。走到它跟前，又是一番情景，只见它枝繁叶茂，浓绿遮天，分明是一副正当青春的模样。它旁边有个小亭子，我们坐在里面，只觉得清气拂面，让人神清气爽。想来福清的这个"清"，是如此的贴切。这棵五百年的树，就是山里的神仙，历史上经历的风云，它全都听着、看着。它知道林则徐出生的那一年，天上有几朵彩云；也知道戚继光的"戚家军"行军时，脚步有多矫健。它记录了福清五百年的光阴，从雷霆到山间的虫鸣，无以言表，只把满身苍翠示以人间。它也见证了福清的过去、现在，作为地方的祥瑞之一，它必将见证福清更美好的未来。

排列在第三的是石竹山道院，传说魏晋时期就有了最初的道院。此道院位于石竹山上，东张水库坝头一号，主峰叫状元峰。这里依山傍水，香火旺盛。整个建筑建在半山腰的悬崖峭壁之上，如一座蜿蜒的空中楼阁，令人惊奇的是，如此险峻之地，这座楼阁却建得游刃有余，除仙君楼、观音殿、文昌楼之外，更有高大宽敞的屋前回廊，行走其间，心旷神怡，青山绿水，层层山峦一览无遗。听说山里还有紫云洞、日月洞、化龙窝、桃源洞、通天洞，我等时间有限，不能一观，于是就近观赏众多的摩崖石刻。宋代朱熹、明代叶向高、清代陈宝琛都在这里留下题刻或诗作。徐霞客也曾称赞这座山"岩石最胜"。在一块大石上，我们看到两行字：石竹仙山，白日做梦。福建人有"春祈石竹梦，冬求九鲤签"的习俗。许多人到石竹山来，就是为了祈梦，它已经成为祈梦和圆梦的发祥地。2009年，石竹山祈梦习俗入选福建省非物质文化遗产名录，并连续举办梦文化节。古人说，日有所思，夜有所梦。现代科学已证明，梦境在一定程度上有其科学依据。好莱坞也拍了不少关于梦境的故事片，2010年，莱昂纳多主演的《盗梦空间》收获五十五亿人民币的票房，到现在还被人津津乐道。我们在石竹山道院见到一张贴在墙上的道场价目表，各种道场都有明码标价。过关道场、拜观音宝忏、拜玉皇宝忏、拜斗道场、拜九仙君宝忏都是两千三百元。平安道场、解冤道场、开光道场、谢天地道场、和合姻缘等，都是两千元。可以说价格不菲了。可见梦不仅是精神的，与物质也息息相关，但与《盗梦空间》这一类艺术的前沿之作相比，石竹山的梦文化还是有发展和学习的空间的，到了今天，梦的内容、形状、深度，都要有新的与时代相关联的东西，不可墨守成规。事实早就证明，不断进步，与时代保持一致才是制胜法宝。就像光饼一样，现在的光饼，在饼馅和制作上已经与以前大不相同了。一块饼，一个梦，从过去一路走来，如何与未来相连，是大有玄妙的。如果树有"树语"的话，也许我们可以努力破译大榕树的语言，让它告诉我们永葆青春的秘密。

　　写这篇小文章时，已是去福清一个月后了。仔细想来，这三个顺序是我的大脑对于直观事物的排序，还有另一种更强烈的感受，这种感受来自更深层的印象，一时无法知道它来的确切地方，因为它一刹那就到大脑之中了。就在到达福清的那天夜里，我看着车窗外的空旷大街，仿佛听到了马蹄"嘚嘚"之声，好像大街上会出现骑着马的福清小伙，他一路前行，消失在福清的峻岭崇山之中……接下来的几天，我忙着替我的这个幻想做科学的解释，只有一个解释：这里出生过林则徐，这里有戚继光战斗过的痕迹，有"戚家军"。如此说来，这个不算幻想，这是一个基于真实感应的浮想联翩。

2019 年 11 月 29 日

以朱辉为例

　　我认识朱辉有二十二年了，看熟的一张脸，哪怕一两年不见，他的表情和表情后面自带的细微情感也是历历在目的，仿佛昨天刚见过面。同时代的人，又是老朋友，说话自然浑不在意。开会见了，开个无伤大雅的玩笑，更是增加友情的方法。时间在朋友的身上是停滞的，你不会觉得他已功成名就，也不会在意他双鬓白发。你记住的是他意气风发的模样，和他内心感动你的地方。

　　江苏作家中，他实在有些另类，大家在一起胡吹海聊的时候，他经常是沉默的那个人。朱辉不是嘴慢的人，但是他经常保持沉默，保持着他那种稳定的淡然表情，游离在语言之外。他是学理科出身，大学里学的是农田水利，我们都知道他的妻子是水利专家，他的亲弟弟是一位科学家。朱辉先生要是不写作的话，一定会成为一位农田水利专家，或是别的什么类别的科学家。我不能妄评他的身体里流动着理科男的血液，但我能确定的是，他的理科男的身份，造就了他文字的严谨、节制和朴素。他经常的沉默和游离，也许是理科男的特性。这样说的话，还可以说到他的衣服的趣味。我认识他这么多年，他的衣装风格和他的表情一样，几乎没变。要么西装，要么T恤，款式中规中矩，色彩保守，永远像刚从实验室里走出来一样。江苏的男作家里，帅气的不少。作为江苏的女作家，有福了，开会开累了，找谁看上一眼，也是对枯燥会议的一种补偿。朱辉也是公认的帅哥一枚，但我每次看到他那种淡然的稳定表情，首先涌上的念头是：这个人，是不是跑错了地方？他以为到了实验室吗？

我的结论是，一个理科男，很有可能把文学事业当成了一项实验。我很想知道，他的实验有哪些内容。

于是想看他的长篇小说《我的表情》，可惜没有找到。但是我不着急，风过留痕，何况他有那么多的文字发表，他的表情无法隐藏。

以前也看过他的许多优秀小说，《红口白牙》《暗红与枯白》《和辛夷在一起的星期三》……包括他获得第七届鲁迅文学奖的《七层宝塔》。那时只是单纯的阅读和欣赏，现在要以作家朱辉为例，进行一番探究，所以都要重读。

《暗红与枯白》代表着朱辉文字里的温情和忧愁。《红口白牙》彰显他的尖锐批判。《七层宝塔》，我是在朱辉得到大奖之后看的，写的是生活的失去和无奈。我最喜欢的是《和辛夷在一起的星期三》，以前喜欢，现今重读之后，还是忍不住地喜欢。这篇小说，有温情，有忧愁，有尖锐的嘲讽，有生活的无奈，有男性对女性的深刻迷恋。你想知道朱辉是怎样的小说家，一定要去看这篇。它在技巧上几乎完美，如一台精准的开颅手术。在这一篇里，他以惊人的镇定，不慌不忙地把文字一一展开。这里面有无穷无尽的星期三，有尴尬的呢衣，有时光里的光圈8，有高脚酒杯在桌上落下的两个焦点，有男主人公心中的一丝突然而来的疼痛……如果你没有心理准备，一头撞进这篇小说里，还以为撞进了一个万花筒。但其实朱辉并非给人设置了万花筒，这位理科男的笔，已幻化成实验室里的器皿，他一会儿朝里放一样东西，一会儿又朝里放一样东西……现实就在他的手上无穷幻化，他永不厌倦，我们看得目瞪口呆。

好吧，重新回到《和辛夷在一起的星期三》。话说朱辉先生在里面放了那么多的东西，这个短篇，几乎可以构成一个小长篇了。但是且慢，真正的核心还不在此。真正的核心在于，朱辉先生在这个短篇小说里，居然设置了一座虚构的城市。我看过这篇小说多次，但每次看到这座虚构的城市，还是会忍不住地心慌吃惊，随着电闪雷鸣感到身体寒冷，牙齿发紧。这座虚构城市实在怪异荒诞，也实在温情脉脉。这座城市是男主人公虚构出来庇护自己、老婆和情人三个人的，但其实在这座城里，既没有他，也没有他的老婆和情人。于是我们又看到了现实中有一张撒谎的碟片，这张撒谎的碟片带来了虚幻中的寒冷、风雨、玻璃屑……沉重的荒芜，冲击着读者的身心。人啊人，人的复杂和辉煌。我曾经不止一次地想过，这个男主人公，从小说中走到现实里，会有怎样的结局。他虚构的一座城，将于何时何地倒塌？或者竟是这座虚构之城拯救了男主人公？我从没有想过要问朱辉，因为这是我的问题。我知道，朱辉除了在写作中是没有困惑的，现实生活中，他是一个容易困惑的人。有许多次，我发现了他的困惑。有时候，为一件事，有时候，为一句问话。他的困惑都来自外界，而不是来自自身。他当然有理科男的理性，有成就事业者的坚韧，但是在他心里，还有着一个真正写作者才能感受到的困惑。他沉浸在自己的世界里，沉浸在外界给予他的困惑中。我相信他的源源不断的灵感，有很大部分来自他的困惑。五十多岁的他，是否还沉浸在他五岁那年碰到的困惑中？

我看朋友们的小说，会寻找小说中流露出来的地域风情。每个作家或多或少都带着他们家乡的影子。朱辉的小说，家乡的影子不多，他在 20 世纪 90 年代写的一批小说中，家乡的影子还清晰可见，譬如《看蛇展去》。到了新世纪，他小说的家乡味道已然淡不可辨。他收起了朝外拓展的小说地域，更专注于人物的内心世界。小说的场景也越来越小，甚至可有可无。简单的场景下，人物的一举一动，一个意念，更能引起读者的注意。这种貌似枯燥的写法，有点像一个个话剧实验舞台，又像中国传统的折子戏，简单的布景，少数的人物，矛盾和冲突就在方寸之间一一道来。这样的小说更考验作家的耐心和基本功。所幸的是，我们在朱辉先生的小说文本中看到，他对此种写法游刃有余，并且炉火纯青了。

《看蛇展去》，是我很早就读过的一篇小说，这篇小说不是朱辉最好的小说，但是我一直都念念不忘。一来，他笔下的少年和家乡情调是我所熟悉的；二来，我是从这篇小说开始对他的语言发生观察和学习兴趣的。

《看蛇展去》语言有着真实生活中那种活泼生动：

> 门里的灯"啪"的一声亮了，奶奶在里面问：是谁呀？
>
> 是我，奶奶，我是金良呀！
>
> 奶奶听见了，一时不相信，说：是我的金良

乖乖吗？

　　我童年跟随父母亲"上山下乡"，乡村里，农民的语言大都活泼生动，善于表达真情实感。一句"是我的金良乖乖吗"，不用别的交代，就尽显奶奶的个性和对孙儿的疼爱。生活中生动有趣的话浩如沧海，只有写小说的人，才知道抓住一句合适的话有多么不容易。

　　《红口白牙》是朱辉1999年写的，里面也是妙语连篇："满船的小鸡稚嫩地叫着，你啄我一下，我推你一把，仿佛是载着一船吵闹的油菜花。"

　　这种妙语，在朱辉的小说里一直没有消失。他2011年写的《吞吐记》，从头到尾妙语迭出：

　　　　世界在变，吵架也该与时俱进。

　　　　……老婆要离婚，就如同老牛要下河，拽尾巴你能拽住吗？

　　　　……没想到离婚的人里竟也有欢天喜地的。这似乎不合逻辑，但懂行的就知道，这是解脱，是解放，你没见过几十年前本市欢庆解放的照片吗？

　　再严肃的人看这篇也得笑，虽说《吞吐记》在夫妻和合与分手的事例上，描述得略嫌简单化、脸谱化，但你看的时候，从头笑到尾，还有什么时间去挑剔别的？

　　朱辉的小说语言，如果能用手触摸的话，一定是一整匹沉甸甸的丝绸，"砰砰"地用力打开，是如水的丝滑轻盈。这使得他的每一篇小说都显得平整、光滑，闪烁着丝绸的莹光。你以为他只是在织一面语言的网，其实他是在织一整面的丝绸。丝与丝互相勾连，又使得他层层剥开的人物关系，也如丝织物一样密实难分。

在小说创作中，为数不少的作家会犯"结尾的歧视"，就是注重开头和中间部分，而对结尾有着轻视。因为很多时候，结尾就是水到渠成或顺水推舟，可供作家发挥的余地不大。还有可能是到了结尾处，作家的文字已然疲惫，因而勉力应付。少数作家也会因结尾的一目了然而感到乏味，所以草草了事。

我阅读朱辉小说，一开始是对他的语言感兴趣，但读得多了，发现了他的小说结尾，有着很深的讲究，体现了一个优秀作家的思考和控制力。

《郎情妾意》的结尾一段，突然中止了情节的发展。写作的人都知道，这个时候故事已经到了路的尽头，如果不中止的话，其实不是发展，而是下坠。普通的下坠式的结尾，朱辉的小说中也有，如《驴皮记》：娘说"我去给你做饭吃。今天你早点睡觉，养养精神，明天帮你爹去收猪皮。这几天杀猪的人家多"。这样的结尾有点像说书先生的"且听下回分解"，让人满心期待下回，实际上说书先生嫌钱少，不告而别了，没有下回分解，只有满心遗憾了。在《郎情妾意》的结尾处，朱辉先生果断地中止，但故事还是在延伸。他的笔离开了路的尽头，朝路外边荡开，漫不经意地谈起了"有朝一日""如果""要是"。这就是一个有趣的开放式的结尾了。没有了路，不等于没有风景。他引着读者朝路的外面走去，路还在那里，但我们看到了别的风景。我很注意地看了他写作的年份：2011 年。我之所以注意，因为在他之前的小说里，结尾时突然荡开的情形委实很少。这样的结尾方式，使得朱辉先生像个逃脱大师了。是的，逃脱大师。写作的人，身陷古今中外、上下五千年、纵横千万里的语言垒成的地宫，谁能背负着自己的语言一起逃脱，谁就是最大的赢家。

《要你好看》是朱辉另一篇比较重要的小说，写于2016 年。这篇小说延续了朱辉的写作理念：小说地点集中（茶馆和旅馆），小说人物少（男主人和女主人），矛盾靠两个人的对话和心理活动推动，偶尔引入外界的因素把故事的矛盾朝前推。这篇小说的高潮部分在要结束时，一男一女各种试探后旧梦重温，女的沉睡之际，男人剃掉了她的头发，实施了报复。结束语是：

临出门时，他忍不住再看了她一眼。

小说里的这一眼，把我们这些看小说的人带出了眼泪。这就是朱辉的精准之处：这不是简单的报复，这是爱的报复。人生之复杂，人生之璀璨，莫过于此。如果说《郎情妾意》的结尾方式是逃脱式的，《要你好看》就是马车停下时的一鞭子，不是用来警醒马，而是用来警醒读者。《七层宝塔》《看蛇展去》《和辛夷在一起的星期三》都属于"响鞭式"的结尾，但是效果没有《要你好看》那么显著。

在给朱辉写这篇人物小记前，我一度想写生活中的朱辉。但是我后来放弃了这种想法，我觉得，谈他的小说，也许比谈他这个人更有话题性。或许，理解了他的小说，就理解了他这个人。

好吧，回到最初的话题：在文学世界中，朱辉到底想干什么？他在自己的实验室中，想寻求什么东西？

他在为《要你好看》写的序里有这么一段话："我现在的想法是，继续写，造砖瓦。……我终将建成自己的房子，甚至是塔和碑。"

这篇序里，有矛盾的地方。既说他中年写作喜欢"点穴式"，对人与人之间的裂隙感兴趣，又说他终将建成自己的房子，甚至是塔或者碑。从局部和细微，跳到宏伟和不朽，看上去不能自圆其说，其实是事物的两个方面。你可以想象，一个理科出身的男作家，他在建造自己的房子时，对细节是何等专心、用心，讲究科学性、合理性和逻辑性，力求无瑕可击。

是的，他在他秘密的实验室里，用极端的耐心建造他文学的房子。这是一个理科男的终极理想，也是一位优秀作家的真实心声，合而为一，为着人生里的华彩而奋斗。

2020 年 2 月 8 日

以朱辉为例

艺术的本能

——试论金仁顺的小说特质

有一次看了金仁顺的短篇小说《爱情诗》，发个微信给她：你他娘的写得真好。

——写到这句话，我考虑着是不是把"他娘的"这三个字拿掉。因为这是私聊，粗糙的话语秘不示众。但是我考虑了几秒钟就决定示众了。是写得好，他娘的写得真好！

然后金仁顺回话了，她一反常态地没有以糙攻糙，而是正常地对我说：我喜欢听你这句话，如果有一天你写我，就把这句话写在文章开头。

我终于逮到一个写她的机会了，我把那句夸她的话写在开头，无由地觉得有点感动。

每次和金仁顺相见，总是很高兴。当然每一次都是不期而遇，在某个与文学相关的活动上。我和她都属于慵懒之人，能不联系就不联系。忽然遇到，四目相对，彼此就会说出一些开得烂熟的玩笑话，当然是糙话。每次开过相同的玩笑，总是哈哈大笑。

我很羡慕男性之间相处时的一些粗糙，一些不计较，一些心心相印。与她这种玩笑让我感到女性之间的相处也能如此粗糙和轻松。可是谈到心心相印，我俩都不擅长建设这种关系。我最喜欢的就是和她从不联系，突然不期而遇，四目相对，糙话迭出，傻子一样笑——离心心相印也不远了，就是不高兴再走近一步。这是最好的关系，差不多像传奇的关系了。

我想，我们两个人本性上有相同的地方。但她是朝鲜族，我是汉族；她是"70后"，我是"60后"。想来想去，只能是艺术上的相通。

我俩相见时，除了八卦，艺术也谈了不少。有时候还想谈点科学。有一阶段我迷恋黑洞、暗物质之类，常常被这些宇宙科学吓得失眠。宇宙中的故事，比鬼故事更让人害怕。我把这些话对她说，没想到她兴奋地说，我要听，你讲给我听，我喜欢听。她的语态暴露了她的个性，她是好奇的，顽皮的。

谈艺术时，我们总是陷入一种虚无的严肃，两个人又像盲人摸象，严肃地摸来摸去，摸不到完整的象。但是两位盲人很满足，完整的象并不是必需的，甚至有时候虚拟的象也可以。到了一定的阶段，连虚拟的象都可有可无，就如京剧里某些超现实场景一样，比个手势就行了。这一点上我俩高度一致，也就是说，我俩是盲人摸象，却不约而同地摸到了同一只象耳朵或者象腿，这样我俩就很高兴，皆大欢喜。

但是谈小说与写小说还不一样。

她的小说没有虚无的严肃，有时候看她的小说，正觉得应了一句苏东坡的词：谈笑间，樯橹灰飞烟灭。

她的小说有这样的气派，也有这样的气息。常常是，正看得惊险紧张，人物灰飞烟灭了。张爱玲的小说常常也是灰飞烟灭。同样是飞了灭了，境况是不同的。譬如张爱玲写一位女子，写她怎样的讲究，怎样的留恋，种种情状。到最后，张爱玲告诉读者，世事其实无可留恋，人生多么苍凉。所以有时候看张爱玲，就像看洋化的"三言二拍"。

金仁顺有一阵子写话剧，我没看过她的话剧，不知道她写得怎样，我相信她会写得像她小说一样的好，因为看她的小说，常常看出来莎士比亚的味道。人物和故事也是朝着毁灭而去，男女主人公却一路悲壮，一路互相掐着脖子滚进万劫不复之地。

一个是自然的灭，一个是人为的灭。一个是不当解说员，一个是自己当了解说员。张爱玲是那么骄傲，她要居高临下地告诉读者，她写的人物是苍凉的、感伤的。金仁顺不是，她不骄傲。她小说里的人物，依托着故事，一步一步地走向某种毁灭。不是苍凉，不是感伤，而是让读者看到一个又一个的生活真相。这里面综合了许多因素，有努力，有挣扎，有推诿，有反思，有调侃，有幽默，有幸灾乐祸，有一江春水向东去……当然，苍凉和感伤也有。反正我每次看她的小说都很激动，不知道这一篇又给人什么样的真相。奇怪的是，她的小说常常写毁灭，但不给人沮丧的感觉，就像我们日常的生活一样。是的，这个女子的本事就在这里，她把不寻常的东西放在寻常里面了，掩盖得很好，说的都是正常的话，做的都是合理的事，让你看了不会产生不适感，更不会由文生情怀疑自己的生活，不会把自己代入她的小说。又像远远地离着她的舞台，远远地观着别人的戏，有着安全的距离。我是差不多看完了她所有的小说，掩卷之后，才突然一阵害怕，感到我的生活或许也在走向毁灭。不知不觉中，我已走近她的舞台，她小说中的人物已经成为我周围生活的一部分，他们都毁灭了，我有什么理由不毁灭？我即使不想毁灭也只好毁灭。

我对她有隐隐的恨，后悔把她的小说看了个遍。

再回到我俩盲人摸象的比喻。岁月更迭中，她渐渐地把象摸了个完整。这也是我恨她的理由。对于文学这头象，我也是千方百计地想摸个完整而不得。这里我想起魏微兴之所至评价我的一句话，大意就是叶弥写得还行，主要还是归功于叶弥懵懵懂懂的混沌状态。我可能有点混沌，但有一点我是明白的：魏微、金仁顺这些狠人，对文学之象自然是了然于心。岂止是一头象，她们是写整个世界的作家。

看完金仁顺的小说，不夸张地讲，我想我不写也可以了，我看得很满足。作为她忠诚的读者，我喜欢看到她写小说时从不故作姿态，从不故作高深。她的小说是外松内紧的。只要稍加留意，你就会看到她小说的精美，从结构上讲，都是一气呵成的，人物从头到尾始终不走形。她小说的语言，我尤其喜爱，读的时候就如一匹丝绸那样光滑无物，甚至不会特意去留心语言的优劣。读完之后突然惊觉，忍不住回首凝望读过之处。我经常读完第一遍，回头再去看她的语言。作为同行，我深知她这种貌似平实的语言更需力气，既要充沛的精力，又要屏声静气。要有语言上的野心，又要有足够的低调。要有艺术上的天分和本能，要有自信和底气。这些语言朴素、干净，来自生活，与生活保持着不远不近的距离。正常，又有那么一点儿戏剧性。更重要的是，每一篇小说，不管里面有多少人物，这些特性表现在每个人物身上，各有声音又浑然天成。

金仁顺的小说分成两大块，一块是古典题材，一块是现代题材。这两大块泾渭分明，又不分伯仲，在艺术上、在分量上、在字数上是差不多的。中国好像没有哪个作家是这样写作的，反正我认识的一大批作家中没有这种情况。我曾好奇地仔细观察她，她没有分裂症的表现。

要得分裂症的人是我，看她的小说，真是分裂得不行。她写的古典题材，大多是写朝鲜族的事，她一本正经地叙说，无论是贵族还是平民、仆役、娼妓，于生活、工作的细节处，一一都翔实可信。吃穿用度，全是史实。市井风貌、农桑耕织，全有源头。每个人的行为和语言都合乎各自的身份。所有的可信，所有的平常，都被她纳入一个故事之中，这个故事往往是有着巨大的荒诞。看完之后，你对荒诞想要怀疑点什么，已经来不及了，因为你已经被她一点一点地拉进她的小说世界，你也成了她的一部分。不仅来不及，还力不从心了。她的小说看似平静，实则粗野有力，是开拓者的那种力量。

古典题材绕不过她的长篇小说《春香》，这部小说被誉为韩国的《西厢记》。但《春香》与《西厢记》是那么的不同。《西厢记》可以说是孙悟空用金箍棒画出来的一个圆圈，男女主人公的相遇、相恋到最后分手，全在一个圆圈里完成。《西厢记》的标签是始乱终弃，崔莺莺之所以被塑造成一位被男人遗弃的悲剧女性，追根究底，还是怪那个圆圈。欲望与身体有关，她的身体囿于一块小地方，除了自己的房间，只有后花园能进行爱情的布道。她的灵魂再叛逆，也无法走出自己的世界。听过这么一句话，汽车的发明，解放了妇女。当然，世界上第一位驾驶汽车的人也是一位妇女，因为妇女比男性更渴望外面的世界。

金仁顺深谙此理。她的《春香》非但不是孙悟空用金箍棒画出的圆圈，很多时候，《春香》里面的女人简直是孙悟空本人，闪挪腾移，世界广阔。香夫人也是被男人所弃，但她选择了接纳更多的男人。在接纳更多的男人同时，她把自己的住所打造成一个美丽奢华的"香榭"，香榭和她本人一样成为南原府的一个传奇。这样，遗弃她的男人只能成了她生命中的众多过客之一。

值得注意的是，《春香》里的女人们也经营着一个住所，她们像蜜蜂似的在里面劳作，也主宰着自己的住所。她们的住所与崔莺莺的住所不同。第一，崔莺莺足不出户，香榭里的女人们与社会紧密关联。第二，崔莺莺不是一个劳动者，对于风花雪月，她只欣赏不劳动。香榭里的女人们都是劳动者，包括香夫人和春香。她们创造可以欣赏的一切风景，也创造了一个传奇。第三，香榭里的女人们常常会做梦，美梦与噩梦。崔莺莺从不做梦，她所有的梦就是张生。张生走了，她的梦就灭了。

说到底，小说里的人物都是作家赋予的生命。在《春香》中，我看到的生命形态是自然的、美好的，也是强悍的。

《春香》里有一章这么写到梦境：

> 我的梦境都与鲜花有关。香夫人说这是我常年洗花浴造成的。季节好的时候，香榭被玫瑰花笼罩得密密实实的，我们每个人的气息都沉浸其

中。到了冬天，花木凋零，我们的身体就变成了香榭里的草木，各自拥有不同的味道。

面临着被情人遗弃，春香是这么对待的：

> 李梦龙绷紧了脸，俊美的脸庞上线条明朗。
>
> "春香小姐，我很抱歉无法对你的未来做出承诺。回到汉城府，宛若进入茫茫大海，我连自己身上会发生怎样的变故都无法预料。"
>
> "你用不着抱歉。"我（春香）说。
>
> ……
>
> "那么，"我（春香）对李梦龙说，"我们就此告别吧。"

男女爱情从古至今大致相同，不同的是态度。女人在爱情上用了多少的劲，影响她对待爱情以外的事。香夫人在爱情上的洒脱，使得她还有心情和精力营造出一个招蜂引蝶的"香榭"。

金仁顺这一类的小说中，女性全都承受着压力，社会的、家庭的、性别的。但这些女性几乎有着同样的坚忍。她们受难，她们靠自己救赎灵魂和身体。金仁顺写得铿锵有力，质地细密，不由分说。

《盘瑟俚》提出的问题是，如果文学作品中经常见到子弑父，那么在什么情况下会发生女弑父？女弑父这一命题在文学作品中几乎没有，也没有人研究过这个现象。一般来说，生活中和小说里，母女常常是一对矛盾，有女儿想杀母亲的，没有想杀父亲的。因为父亲代表着自古而来的父权，代表着男权的力量。而女儿则是柔弱的，是处在下风的那个人。但在《盘瑟俚》中，女儿杀掉了父亲——真的下手了。这一下手，就把文学的内涵拓宽了。这篇五千字不到的小说，是金仁顺一个上午写成的，用她的话说：哗啦啦地一口气写完。

我也哗啦啦地一口气看完，然后反复五个哗啦啦——看了五遍，欣赏这位低调的女作家出色的文字表现，为她的力量感到惊讶，并自愧不如。

这篇小说写得干净利落，可以说是教科书式的写作，没有一字游离漂浮。情节仔细道来，一分一毫也不差，却一节一节地往上走，挟着雷电声、刀剑声。当父亲逼迫女儿像她妈妈一样操持皮肉生涯时，女儿的杀机已经暗伏在心。

"盘瑟俚"是朝鲜族的一种曲艺样式。它生来的使命就是娱乐，但在金仁顺的笔下，它成了拯救那位弑父之女的武器。府使大人正想杀掉弑父之女，老艺人玉花请求唱一曲盘瑟俚。一曲唱完，全场感动。有人高喊："放了这位可怜的姑娘吧。"

嗯，也放了我吧。我已看了五遍了，每次都看得心酸。

好想听一听盘瑟俚。

我问过金仁顺：你觉得现代题材中，自己写得好的是哪些？

她就一本正经地向我推荐了六篇，还说：你一定要看啊，一定要看。

我遵嘱把她推荐的六篇仔细看完，得出一个结论：萝卜青菜各有所爱。她的现代题材，我最喜欢的不是她推荐的那六篇，而是她没推荐的《爱情诗》。就是我一开头说的，他娘的写得真好。

这个故事是这样的：

年轻男子安次接到一位陌生女人的电话，经陌生女人的提醒，他才想起对方是一家酒楼里的"第一美女"——陪酒女赵莲。当时，他给赵莲还背了一首北岛的诗：即使明天早上，枪口和血淋淋的太阳，让我交出青春、自由和笔，我也决不会交出这个夜晚，我决不会交出你。

看到这里，我隐隐地感到，这位背诗的安次，就等着上陪酒女赵莲的当吧。

赵莲给安次打过电话后，两个人就见面了。赵莲说，她碰到了坏人，想占她便宜。她逃了出来，希望安次帮她。

这个故事看上去是用来引诱安次的。

安次就把赵莲带去酒店开房。这个行为表明了安次已接受赵莲的引诱。故事真与假都无关紧要。

从去酒店开始，安次渐渐反客为主。两个人唇枪舌剑，女方继续使手腕，但明显很焦急。而男方却优哉游哉，不慌不忙。

一直到最后，两个人才成了情侣。而赵莲仿佛明白过来，问："你什么时候打我主意的?"她不知道的是，安次想的是另外一位女同学。这位女同学曾经把这首诗读给他听。

这里，作家给读者留出了空白，没有交代安次给多少女性背过这首诗，也没有描述他被爱情伤了多深，只写了一句：安次的心却空落落的。

他得到了赵莲。是他用他的方式得到了赵莲，而不是赵莲引诱了他。但他还是失去了爱情的方向。这与那首充满理想的诗大相径庭。

赵莲还在问："你敢说你的诗不是故意读给我听的吗?"

这一句话暴露了一个事实：她才是猎物。她并没能填满安次的心。安次大约会用一生去填补失落的心吧。

所以，这是一个爱情如何伤人的故事。金仁顺没写爱情伤人的过程，而是写了一个男人被爱情伤了以后的失落和无路可走；没有写男主人公和女主人公，而是写了男主人公和女二号。当然，我们不知道，女二号之前，还有过多少女二号。

这就是小说的高明之处。

2021 年 4 月 24 日